怪物大師人物介紹

CHARACTERS INTRODUCTION

A STORY ABOUT LOVE AND DREAMS

布布路

關鍵詞：
單細胞動物、樂觀、
熱血。

從小與守墓人爺爺一起生活在墓地，因為父親的各種負面傳言，一直受到村裏人排擠，但布布路從不自卑，內心深處相信自己的父親是一位了不起的人物。為了實現自己的夢想以及尋找失蹤父親的消息，他毅然離開家鄉，前往摩爾本十字基地，參加怪物大師預備生的試煉。

賽琳娜

關鍵詞：
大姐頭、敏捷、
獅吼功。

出生商人世家的大小姐，卻一點都沒有大小姐的架子，與布布路一樣來自「影王村」，個性豪爽，有點驕傲，對待布布路一視同仁，從不排擠他，只因為她更在乎的是推廣家裏的生意。賽琳娜的目標是收集世界上所有類型的元素石，並熟練掌握這些元素石的運用。

帝奇・雷頓

關鍵詞：
豆丁小子、酷、
毒舌。

臉上總是掛着陰沉表情的瘦小男生。帝奇的存在感薄弱，不注意看的話就找不到人了，但是他身邊跟着一隻非常招搖拉風的怪物——成年版的「巴巴里金獅」。對於是非的判斷他有自己的準則，不太相信別人，性格很「獨」。

餃子

關鍵詞：
狐狸面具、神祕、
圓滑。

在去往摩爾本十字基地的路上，勾搭認識上布布路，戴着狐狸面具，看不出喜怒哀樂，從聲音來聽，似乎總是笑嘻嘻的，高調宣揚自己身無分文，賴着布布路騙吃騙喝，在招生會期間對布布路諸多照應。

冒險、正義、財富、祕寶、名譽……

富有志向的人們啊，

用心發出聲音吧，

召喚那來自時空盡頭的怪物，

賭上所有的「夢想」「勇氣」「自尊」，甚至「性命」，

向着成為藍星上最傳奇的 ——怪物大師之路前進吧！

——《怪物大師》題記
MONSTER MASTER

【目錄】CONTENTS
《雷鳴的四神基地》

Especially written for kids aged 9—16（專為9-16歲兒童製作）

- 【扉頁彩圖】ART OF MONSTER MASTER
- 人物介紹：布布路／賽琳娜／帝奇／餃子

MONSTER MASTER

「怪物大師」無盡的冒險
Four Symbols Base
in Rumble

穿透文字的「堅強」與「感動」！

DREAM ADVENTURE COURAGE FRIENDSHIP

夢想＋冒險＋勇氣＋友誼

「怪物」與「人類」、「勇氣」與「挫折」、「信仰」與「背叛」、「戰鬥」與「思考」……是心靈的冒險，還是意志的考驗？
請與本書的主人公一同開啟奇幻之門，一起去追尋人生中最珍貴的夢想吧！

把世界的謎團串起來！
MELODIES OF LIFE

這裏是獨一無二的腦細胞幻想地帶，孩子們其樂無窮的樂園。
每部一個練膽故事，它們以神祕莫測的魔力，俘虜着人們的好奇心。
有人說，唯一的抵抗方法，就是閱讀——
請翻開這本書吧，讓人心動的世界正在向你招手……

愛與夢想的「新世界冒險奇談」！

引子

CREATED BY LEON IMAGE
LOVE & DREAMS

MONSTER MASTER 20

邪惡的力量
MONSTER MASTER 20

落霞村——一座因美麗的晚霞而得名的小村莊，此時正沉浸在一天最美麗的時光中。

火紅的太陽慢慢被暈染成橘色，刺眼的日光變得溫柔祥和，落日的餘暉毫無保留地灑向大地。夕陽彷彿在一排排屋頂上撒了一層碎金子，遠遠看去有如瀲灩的金色水面，波光粼粼。結束了一天勞作的村民都在家中準備晚餐，裊裊的炊煙從煙囪裏升起，到處都是一派安靜恬適的景象。

誰也不會想到，在這樣安寧祥和的環境裏，某些邪惡的力量正在暗處滋長……

落霞村一角的一棟小房子裏，晚餐已經擺上了餐桌，幾盤小菜雖然不夠奢華，卻也十分乾淨可口，放在桌邊的木桶裏裝滿了熱氣騰騰的白米飯。

然而，餐桌上的氣氛卻有些古怪──

一個少年端坐在桌邊，正風捲殘雲般地掃蕩桌上的食物。他的嘴巴裏塞滿了白米飯，完全來不及咀嚼，就迫不及待地嚥下了肚，喉嚨裏不停地發出可怕的吞嚥聲。一碗米飯轉眼間就被他吞食一空，沒等母親給他盛下一碗，他就粗暴地從母親手中奪過木桶，雙手並用地抓起米飯塞入口中。

「嗯嗯……太好吃了……真是太好吃了……但是……不夠啊……」飯粒和菜渣糊得少年滿臉滿身都是，他的肚子也像吹氣球一般慢慢鼓脹起來，可他狼吞虎嚥的動作絲毫沒有放慢，反而變本加厲，口中發出恐怖的嗚咽，「好餓……好餓啊……不夠吃……這些飯完全不夠吃……」

母親擔心地看着少年，只見他的額頭上青筋暴起，眼珠凸出，彷彿正在使出全身的力量去吃飯，而被他吃下肚的食物也早已超出了少年的正常飯量。

沒一會兒工夫，少年將桌上的飯菜一掃而空，他顯然還沒有獲得飽足感，又雙目赤紅地衝進廚房一通翻找。很快，他的注意力被角落裏的垃圾桶吸引了，於是像看到了羔羊的惡狼一般，嗥叫着撲向垃圾桶，從裏面翻出發霉的剩飯和長蟲的饅頭，像品嚐瓊漿玉露一樣貪婪地大口咀嚼起來。

「快停下來！」母親急切地上前阻攔少年。

「走開，不要攔着我吃東西……」少年粗魯地揮手甩向母親，瘦弱的手臂釋放出了不可思議的力量，一下子把母親甩出數米遠。

母親重重摔倒在地，一時間爬不起來，只能神情恐懼地望着如同變了一個人的兒子。

夕陽徹底沉入地平線之下，寂靜的落霞村裏突然傳出一聲淒慘的尖叫，尖叫聲的源頭正是村落一角的那棟小房子。

小房子裏，所有能吃的東西都被掃蕩一空，晃動的燭光將屋內的陳設映襯得有些詭異，母親縮在屋角，絕望地看着對面的牆壁 —— 一個巨大而扭曲的人影蜷縮着，發出一聲聲嘶啞的號叫：「我要吃東西……給我食物……好餓……好餓啊！」

雷鳴的四神基地
MONSTER MASTER 20

新世界冒險奇談
第一站 STEP.01

來自四神基地的挑戰書
MONSTER MASTER 20

一夜成名的吊車尾小隊

一夜成名是甚麼滋味，布布路他們總算嘗到了！

這裏是摩爾本十字基地，一大早，布布路和他的三個同伴就被周圍利刃般的目光刺得背脊發涼。

拜布布路「惡魔之子」的「美名」所賜，他們這支吊車尾小隊，本該早就習慣了「備受關注」，但平時，其他預備生看向他們的目光，都是充滿了厭惡和嫌棄的，而今天，其他預備生投來的目光卻有些異樣。那一道道奇怪的目光中，分明充斥着

難以置信的羨慕和嫉妒⋯⋯

哐！嘩啦啦！

忽然，餐廳門口的垃圾桶被甚麼推倒了。腐臭的垃圾中，居然藏着兩個鬼鬼祟祟、舉着偷拍蜂眼的八卦記者，而被他們鎖定的目標，正是布布路四人。

「哇！他們是怎麼溜進來的？」餐廳裏的其他預備生再也忍不住了，像被捅破了的馬蜂窩一般高聲議論起來。看向布布路四人的目光也變得更火辣直白 —— 因為，這已經是今天早上第八起潛藏在基地裏的偷拍事件了！

帝奇不知道從哪裏拿出一摞報紙，緊鎖眉頭地說：「這到底是怎麼回事？」

只見那一摞報紙的頭版頭條上，赫然打着一行行聳動的醒目標題：

決戰迷霧島，震懾食尾蛇！

英雄出少年！與卡桑德蘭大帝並肩作戰的少年

不可思議！摩爾本十字基地預備生揭開人魚公主的神祕面紗⋯⋯

三天前，不管是《琉方日報》這樣的官方報紙，還是《琉方爛番茄週刊》這樣的八卦雜誌，琉方大陸上幾乎所有的媒體都圖文並茂地揭露了一系列被怪物大師管理協會隱藏的祕密任務，其中就包括了布布路他們在迷霧島、古城巴勒絲和外環

之海參與的幾起事件（詳見《怪物大師‧迷霧島的復仇遊戲》《怪物大師‧黑暗的破壞神之甲》《怪物大師‧雲海國的魚龍公主》），在這些新聞報道中，布布路四人不僅被塑造成了英明神武、堪比怪物大師精英的光輝形象，還被拍下照片。

這些輿論一下子將四個預備生推上了風口浪尖。天還沒亮，各路記者紛紛擁向摩爾本十字基地，千方百計地突破基地的防護，只為了能拍到他們最真實的校園生活畫面。

對於報道的真實性，周圍那些預備生眾說紛紜：有人認為，既然寫得如此繪聲繪色，還配有照片，一定是確有其事；也有人認為，怎麼會這麼巧合，這麼多大事件全都被四個小小的預備生趕上了？這說不定是像十影王沙迦那樣的作家編寫的冒險小說，圖片也是偽造的；但更多人則是堅信，這麼多隱祕任務同時被揭露，一定是有人暗中作祟，說不定就是那四個預備生在惡意炒作，想讓自己聲名大振。

餃子一邊翻報紙一邊窩火地抱怨道：「本王子靠着英俊的相貌和卓越的人品，早已名揚青嵐大陸，何必還要炒作自己？而且就算是我想要炒作，也會弄一些清楚的照片啊！」

只見那一幅幅新聞照片上，布布路四人的臉猶如嫌疑人一般都被詭異地打上了馬賽克。

但布布路背後的金盾棺材、餃子腦後的長辮子、賽琳娜利落的獸皮裙，以及帝奇指尖泛着寒光的暗器，醒目的特徵令人一眼就能認出他們。

報紙上的那些溢美之詞和八卦記者們的蜂擁追捧，彷彿

有意無意地透露着平日裏飽受嫌棄的吊車尾小隊，實力早就超越了預備生的水平，完全可以晉升正式怪物大師了！

這下子，四個人的一舉一動成了眾人關注的焦點，連吃飯和上廁所都被八卦記者跟拍，儼然成了摩爾本十字基地炙手可熱的大明星！也就難怪其他預備生投來嫉恨的目光並充滿猜疑地冷嘲熱諷了。

賽琳娜左顧右盼了一番，細如蚊聲地說：「怎麼回事？怪物大師管理協會的隱藏任務怎麼會洩露呢？」

「是不是八卦記者們自己調查出來的？」布布路一本正經地猜道，「餃子說過，八卦記者是藍星上無孔不入、無所不知的一羣人。」

「這次的情況不一樣，」餃子摸摸下巴，老謀深算地沉吟道，「八卦記者就算再厲害，也不可能查到被怪物大師管理協會刻意隱藏起來的任務，除非……是管理協會內部有人故意透露出去的。」說到最後的時候，他再次壓低了聲音，以示事情的嚴重性。

帝奇警覺地眯了眯眼睛，面色黑如鍋底：如果讓他知道內奸是誰，他一定要用五星飛鏢把對方戳成刺蝟！

就在四個預備生如芒在背時，基地的廣播突然響了起來，金貝克扯着嗓子尖聲尖氣地在廣播裏吼道：「布布路、賽琳娜、餃子和帝奇，你們四個馬上到我的辦公室來！」

突如其來的強豪戰書

布布路四人第一次覺得金貝克尖刻的嗓音如此好聽，賽琳娜、餃子和帝奇拖着還沒吃飽的布布路逃一般離開了「萬眾矚目」的餐廳。

一路上，布布路四人又遭遇了數次「伏擊」。灌木叢裏，下水井蓋下，到處都潛伏着偽裝成各種造型的八卦記者，一看到布布路他們靠近，就舉起相機猛拍。

短短的路程，布布路四人歷盡千辛萬苦，突破重重險阻，終於到了金貝克的辦公室 ——

大紅底色配大黃色金線的絲絨地毯、金光閃閃的桌面搭配銀光晃晃的裝飾、隨處可見的裝飾大金菊，以及高高掛在牆壁上的尼科爾院長的鑲金邊大幅肖像畫……

布布路四人站在金貝克導師剛剛裝修好的辦公室裏，不禁被這「華麗」的風格和「高貴」的配色深深地「折服」了，就連一向對美沒甚麼感受力的布布路，都忍不住「讚歎」道：「金貝克導師的品味……好金燦燦啊……」

由於雙子導師這兩天出去執行任務，金貝克便成了布布路他們的代課導師。此時，他端坐在金光四射的辦公桌後，一臉厭惡地瞪着布布路四人。

「金貝克導師，對於報紙上的新聞，我們也不知……」賽琳娜義正詞嚴地想要自證清白。

但她話還沒說完，一道黑影從金貝克的座椅背後驀地飛了

過來。

「這是來自四神基地的報信鳥。」金貝克介紹道。

四人這才看清，這是一隻長着七彩翎羽的漂亮大鳥，鳥喙中銜着一張鑲有繁複花邊的卡片，上面用考究的復古花體字，工工整整地寫着：

挑戰書

久仰摩爾本十字基地盛名，特邀請貴基地的明星預備生布布路、賽琳娜、餃子和帝奇，於明日參加我基地舉辦的擂台賽。

熱切期望能與貴基地的明星預備生相互切磋，互通有無，增進友誼，共同進步。

四神基地

展示完挑戰書，報信鳥驕傲地拍打着翅膀，飛出了金碧輝

煌的辦公室。四個預備生面面相覷，他們居然被下了挑戰書！

「四神基地是甚麼地方？」布布路照例一臉無知。

「四神基地比摩爾本十字基地的時間更為悠久，也是曾經的強豪，但如今已經沒落了，最近這些年更是每況愈下，招到的預備生數量和質量，都在培訓基地裏排名倒數。但最近幾個月，我倒是聽到了一些小道消息，據說那裏出現了幾個能人，頗有重新崛起的跡象。」餃子瞇起眼睛，若有所思地嘟囔道，「這次四神基地舉辦擂台賽，還邀請藍星各地的優秀怪物大師預備生前去參加，其中必有名堂。」

餃子說完，四個預備生齊齊看向金貝克，希望從金貝克那兒得到更多信息。

「你們看我幹甚麼？挑戰書上不是已經寫得很清楚了嗎？人家可是把你們四個當作咱們基地的明星預備生呢。嘖嘖，你們現在簡直比精英隊還有名！」金貝克不客氣地諷刺了布布路他們一番，又嚴厲地警告道，「我勸你們不要得意忘形！好好反思

一下，為甚麼自己會被推上風口浪尖？管理協會的隱藏任務怎麼會被曝光？是甚麼人做的？目的又是甚麼？你們幾個……哼，這次最好給我小心一點，別再惹事了！」

金貝克這番話雖然是警告，但也不乏提醒的意味，餃子三人不禁相視一眼：隱藏任務剛剛被曝光，他們就收到了來自四神基地的挑戰書，這兩件事之間會不會有甚麼聯繫？

想到這裏，賽琳娜臉上堆起乖巧的笑容說：「謝謝金貝克導師的提醒，我們一定低調行事。」

「這還差不多。」金貝克瞪了四人一眼，站起身來，從書櫃上抽出了一本書，就聽咔啦啦一聲，書櫃向一側滑開了，露出了一條黑漆漆的暗道。

「這條暗道可以直達咱們基地後牆外，你們還愣着幹嗎？趕緊出發吧！」金貝克不耐煩地催促道。

布布路四人向金貝克投去感激的目光，這樣一來就可以避開校園裏鋪天蓋地的輿論攻擊了，他們迫不及待地鑽進暗道，踏上了前往四神基地的旅程……

「四靈神」的傳說

突突突！

升級版的甲殼蟲飛速駛出北之黎，餃子吐得死去活來，帝奇閉着眼睛專心打坐，布布路百無聊賴，纏着開車的賽琳娜問：「大姐頭，四神基地為甚麼叫四神基地呀？是因為那裏有

四位神靈嗎?」

「不,不是四位神靈,而是四個像神一樣了不起的人物。」賽琳娜的臉上浮現出一絲敬畏的神情,她一邊駕駛甲殼蟲,一邊給布布路講起了四神基地的故事:

四神基地位於琉方大陸北部。

據說,在怪物大師剛剛誕生的時代,四神基地的所在地還是一片怪物和妖獸出沒的「災地」,後來,那裏出現了一隻凶煞之獸,牠以人為食,釋放出的沖天煞氣導致方圓百里寸草不生,人們對此束手無策,不得不四處遷徙,以躲避不斷擴張的煞氣。

直到有一天,一些仁人志士建立了一個名為「中土堂」的組織,這個組織以扶危濟世為己任,他們在「災地」救助傷者,尋找水源和食物分給災民,得到了百姓的尊敬。

後來,中土堂裏出現了四位靈能力者,號稱「四靈士」。「四靈士」可以與天地萬物溝通,他們引天地之精華,打造出了一件名為「吉星符」的絕世祕寶,靠着「吉星符」,「四靈士」在混沌之樹下求得四隻前所未有的怪物:東方青龍、西方白虎、南方朱雀和北方玄武。當四隻神獸四合為一,擁有的力量堪比真正的神靈,故得名「四靈神」。

雲從龍、風從虎,青龍和白虎招來風雨,洗去凶煞之獸的沖天煞氣;朱雀揮舞羽翼,掀起天火,焚燒掉凶煞之獸的污穢軀體;玄武引頸低鳴,喚回土地的興盛。「四靈神」最終降伏了凶煞之獸,但牠們也耗盡了自己的生命力,化為塵土,

共眠在這片土地之下。

　　從此，這片土地從「災地」變為「福地」。生活在這片土地上的人，全都如獲神力一般，身體能發揮出不可思議的潛能，勇者輩出，中土堂也因此聲名大振，許多年輕人爭先恐後地加入中土堂，想要成就一番功業。

　　於是，中土堂在這片土地上，建立了一座怪物大師培訓基地，取名為「四神基地」。

　　慕名前來學習的預備生們，全都不約而同地感受到身心和力量的顯著提升，修行的效率往往事半功倍，有些人甚至能超越本身的極限，和怪物一同發揮出意想不到的力量。這讓四神基地漸漸成為當時藍星上所有怪物大師基地中的佼佼者。

　　而「四靈士」的後代們也成為統率四神基地的四大家族。「四靈神」雖然化作了塵土，但是四大家族的繼承人卻繼承了獨特的四神之力，從普通的靈士成長為獨當一面的戰士，守護着這片土地。彷彿冥冥之中，「四靈神」仍守護着這裏。

　　憑藉着這份天賜的神力，四神基地成為盛極一時的強豪基地。

　　然而，隨着時代的變遷，藍星上天賦卓越的怪物大師陸續崛起，四神基地漸漸被人們遺忘於歷史的長河之中，昔日的強豪基地也漸漸走向了沒落。

　　不過，時至今日，仍然有一小部分人堅信，在那片土地之下，還沉睡着「四靈神」的神祕力量，一旦這片土地出現危難，牠們就會甦醒……

雷鳴的四神基地
MONSTER MASTER 20

新世界冒險奇談
第二站 STEP.02
四神守護者
MONSTER MASTER 20

超乎尋常的異獸之王

「哇，四神基地真的那麼神奇嗎？真想見識見識『四靈神』的神祕力量啊⋯⋯哎喲！」布布路正感歎着，突然撞到了頭。

是賽琳娜突然踩下了煞車，原來經由落霞村通往四神基地的這條路上出現了一個禁止通行的標誌。

「落霞村這條路不能走，只好繞道了，」賽琳娜拿出地圖看了看，遺憾地對吐得天昏地暗的餃子說，「你再忍耐一下，很快就抵達目的地了。」

餃子點點頭，扭過頭繼續嘔吐去了。

又過了十來分鐘，前方一座高大巍峨的建築拔地而起，賽琳娜停下甲殼蟲，四個預備生好奇地仰望，只見拱形的城門上修建着層層疊疊的飛簷，如利劍般直衝雲霄，有一種傲視蒼穹的氣勢，巨大的門楣上掛着一塊暗紅色的匾額，上面刻着龍飛鳳舞的四個大字 ——

四神基地

雖然經過歲月的侵蝕，匾額已經陳舊斑駁，但仍能令人感受到蘊含在字跡中的蒼勁雄渾的力量，如同一位屹立在狂風暴雨中數百年，巍然不倒的至尊王者。

四個預備生被這匾額氣吞山河的氣勢征服了，誰也沒注意到，一個身穿白色道服的少年身姿挺拔地站在大門口。少年披着一頭如白雪般的長髮，面目清冷，眉眼間散發出的氣場冰冷得如千年寒霜。

見布布路四人沒看到自己，少年挑起一邊的眉頭，對布布路四人冷冷地挑釁道：「喂！你們！要想進入四神基地，必須先打敗我！」

少年的聲音低沉而冷酷，布布路他們定睛一看，卻從身形上辨認出這位看來英氣十足的「少年」其實是位少女。

「你好，我們是來自摩爾本……」布布路心無城府地和白髮少女打起了招呼。

「少廢話，接招！」少女顯然對布布路的「自來熟」並不買賬，她動作利落地一揮衣袖，一道璀璨如鑽石般的光芒閃過，一隻白底黑紋、威武冷酷的猛虎便出現在她身旁。

「這是異獸之王，」賽琳娜腦子裏迅速搜索出對應的怪物信息，壓低聲音提醒同伴們，「牠是超能系怪物，能力是『神儀六象』，可以短暫地賦予物品以『生命』。」

白髮少女輕盈地躍到異獸之王的頭上，從長長的衣袖裏取出了一隻紙鶴和一隻紙青蛙。她分別對着紙鶴和紙青蛙輕呼出一口氣，只見兩隻紙摺的動物竟瞬間膨脹變形，一個驟然撲稜起翅膀，另一個則匍匐在地蹦跳起來。

「哇！」布布路大吃一驚，「摺紙真的變成了白鶴和青蛙！」

一時間，四周寂靜無聲，只剩下白鶴一下下拍打翅膀的啪啪聲，以及青蛙在地上一蹦一跳的咚咚聲。兩隻動物除了體形變大了一些之外，看起來和普通的白鶴和青蛙沒有任何區別，而且，這兩隻動物還有些蠢笨，跟冷面的主人以及氣勢強勁的白虎配在一起甚至有些滑稽……

布布路原本躍躍欲試的拳頭鬆開了，尷尬得直撓後腦勺，面對這種毫無戰鬥力的動物，他實在不好意思出手啊！

「動手打這麼可愛的動物確實不太好，但我們不應戰的話，未免太不給這位小姐姐面子了……」餃子陷入天人交戰之中。

帝奇白了餃子一眼，不耐煩地推開布布路，指尖寒光一閃，數枚五星飛鏢疾射而出，在空中劃出優美卻令人顫慄的弧線，直直刺向白鶴和青蛙。

可是，白鶴和青蛙並沒有像布布路他們預想的那樣被戳成刺蝟，而是在五星飛鏢觸及牠們的那一瞬，轟的一聲膨脹並爆裂，赤紅的烈火裹挾着氣浪，頃刻間風捲殘雲般炸裂而出，以可怕的速度和衝擊力向四周擴散開去！

「哇啊啊！」這一切發生得太快了，布布路四人猝不及防地被氣浪沖到半空中，又狼狽地跌落在地，一個個摔得灰頭土臉。

「你好厲害啊！」布布路從地上爬起來，胡亂擦了一把被熏黑的臉，兩眼放光地對白髮少女豎起了大拇指。

賽琳娜第一時間護住了她最為重視的臉蛋，但她的表情還是被突如其來的驚嚇而拉扯得有些扭曲，低呼道：「這怎麼可能？難道是我的記憶力出了問題？《怪物圖鑒》上記載的異獸之王，只能賦予物品短暫和普通的生命，明明沒有自爆技能啊！」

帝奇目光銳利地看向白鶴和青蛙剛剛站立的位置，

那裏的地面被炸出兩個大坑，坑底還殘留着幾片焦黑變形的五星飛鏢，可見爆炸的威力十足。

餃子用手帕擦拭着面具上的灰塵，疑惑地猜測：「莫非這片土地真的有某種神奇的力量，能讓這裏的人和怪物擁有不可思議的神力？」

笑面青龍

白髮少女昂着下巴，再度守回了四神基地的大門前。帝奇注意到四神基地內建築羣的最高處，剛剛似乎有幾道亮光一閃而過⋯⋯

難道要再挑戰一次嗎？就在布布路四人進退兩難的時候，大門卻從裏面打開了，一名青衣少女款款而來。

　　少女留着一頭宛如瀑布的黑色長髮，鵝蛋臉上嵌着一對黑曜石般的眼眸，嘴角向兩邊微微翹起，呈現露出八顆牙齒的完美笑容。「白虎，對遠道而來的客人怎能如此無禮？」

　　見到青衣少女，被喚作白虎的少女神情敬畏地退到了一邊。

　　「你們是來自摩爾本十字基地的明星預備生吧？有朋自遠方來，不亦樂乎。你們能來，我等真是榮幸之至。」青衣少女彬彬有禮地走到布布路他們面前，笑盈盈地說，「我是青龍，目前擔任四神基地的預備生委員會會長之職，請容我為白虎剛才的失禮之舉向各位表示歉意。」

　　原來，青龍和威爾榭基地的狄安娜一樣擔任着預備生委員會會長的職務，是四神基地預備生中的最高領導者。她的舉止端莊有禮，笑容柔和親切，像是從《禮儀課本》裏走出來的模範生。但也因為過於完美，令人挑不出

一絲瑕疵，反而給人一種莫名的疏離感。

　　青龍，白虎……餃子、賽琳娜和帝奇心領神會地相視一眼，原來這兩個少女都是創立四神基地的「四靈士」的後代。那麼，白虎的怪物剛才施展的超出《怪物圖鑒》的技能，果然來自沉睡在這片土地下的「四靈神」神力嗎？

　　布布路卻大大咧咧地搖了搖手對青龍說：「沒事沒事，那點小爆破不會傷到我們的。不過，白虎同學剛才那招讓紙摺動物自爆的技能，好厲害啊！」

　　「你說甚麼？」白虎瞪向布布路，這小毛孩居然把剛才的爆炸說成是「小爆破」，真是太蔑視她的戰鬥力了！

　　青龍趕緊笑着打圓場：「雕蟲小技，見笑了。各位一路奔波，請先去宿舍稍作休息，再到餐廳享用午餐，今天是由朱雀親自操刀，為各位遠道而來的貴賓烹

製午餐。挑戰賽將在明日一早正式舉行，希望各位能在擂台上有出色的表現。」

「那就勞煩青龍會長了。」餃子客套地回應。

隨後，在青龍的指引下，布布路一行步入四神基地的大門，基地的建築風格和高大的正門一樣，張揚的飛簷，肅穆的牆壁，巍峨的四神塑像，無處不透露出古老雄渾的磅礡氣勢，雖然如今這裏變得陳舊，甚至覆滿了青苔，但走在其中仍能感受到四神基地當年無可匹敵的地位。

青龍將布布路四人送到宿舍，又指示了餐廳的方向才離開。

這似乎是一場陰謀

餃子關上門後，轉頭問三個同伴：「你們有沒有注意到沿途遇到的四神基地的預備生們，他們在給青龍打招呼之餘，總會悄悄瞥上我們幾眼？」

「有嗎？」布布路歪了歪腦袋，他的注意力都用在尋找「四靈神」的蹤跡了。

餃子懶得理會粗枝大葉的布布路，疑惑地對賽琳娜和帝奇說：「那些人的目光讓我有些介意，總覺得除了好奇外，還摻雜着某種類似幸災樂禍的感覺。還是我最近太敏感了？」

「難道因為新聞的關係，在這裏我們也成了焦點？」賽琳娜思索了一下說道。

　　一旁的帝奇把玩着手中的五星飛鏢，沒有說話，可腦海中卻不由得浮現出進四神基地時看到的那幾道閃逝的亮光。

　　事實證明，餃子的直覺很準！帝奇的眼神也很敏銳！

　　當飢腸轆轆的四人走進餐廳時，餐廳內的一塊公告欄上出現了一張眼熟的巨幅照片，照片的內容赫然就是剛才布布路四人在四神基地門口被白虎炸飛的畫面。

　　上面還用醒目的大字寫道：

　　四神強豪重新崛起，摩爾本十字基地明星預備生慘遭碾壓！

　　直到這時，布布路四人才注意到，餐廳裏不僅有各個基地前來就餐的預備生，還有許多八卦記者。

　　布布路他們一出現，那些八卦記者就像發現了食物的蒼蠅，一擁而上。

　　帝奇臉色鐵青，他終於知道剛才在基地門口的那幾道閃光是甚麼了，那是拍攝他們狼狽模樣的閃光燈！

　　看來白虎在門口的下馬威根本是一場卑鄙的陰謀！

　　「很明顯，某些人想要利用『明星預備生』的光環，來重振四神基地的名號……」餃子哀怨地歎道。

　　下一秒，四個預備生被蜂擁而上的八卦記者和鏡頭話筒淹沒了……

　　「你們真的參與過隱藏任務嗎？」

「被炸上天的心情如何？」

「卡桑德蘭大帝長得英俊嗎？」

四神基地的預備生餐廳裏人聲鼎沸，八卦記者們前呼後擁，爭相向新聞熱點人物——摩爾本十字基地的明星預備生提問。

其他預備生也湊上前踮着腳看熱鬧，現場堵得裏三層、外三層，被圍在中央的布布路四人完全被淹沒了。

布布路低頭貓腰，從人羣中擠成一團的腿縫間，艱難地伸出了一隻手，接着又是一隻手，終於，頭也鑽了出來……

布布路從人羣裏爬出來後，又回身把快要被擠成肉餅的

餃子三人也拽了出來。為了不引人注意，四個人趴在地上匍匐前進，溜進了不遠處通往後廚的門。

朱雀大廚的神技

　　一進後廚，布布路他們頓時被裏面「熱火朝天」的情景震驚了——

　　一口一米寬的大鐵鍋高高架在爐子上，一個身材嬌小、一襲紅衣、頭上頂着兩個圓髮髻的紅髮少女，神情倨傲地昂首站在廚房中央，口中不時高聲呼喝道：「湯汁夠了，鹽！鹽在哪裏？趕緊放鹽啊，再放一點……」

在她的指揮下，數名幫廚嗨喲嗨喲地將一桶桶的蔬菜、肉塊、佐料和湯汁倒進鐵鍋中。

沒一會兒工夫，巨大的鐵鍋被塞得滿滿當當，紅髮少女滿意地點點頭，信步走上前，用火石點燃了爐火。

那口鍋實在是太巨大了，相比之下，爐中的火苗實在是杯水車薪。餃子連連搖頭道：「這樣燒下去，鍋底的食物會被燒焦，上面的食物卻得不到一點熱量，我真為這鍋食物擔憂啊……」

想到這一大鍋新鮮而美味的食材將白白浪費，布布路咬着嘴脣，痛心不已。

不過讓他們大感意外的是，爐中的火焰雖然不大，卻彷彿有着不可思議的熱量。一眨眼的時間，鍋裏就冒出了騰騰的熱氣。

三分鐘後，紅髮少女熄滅了爐火，胸有成竹地說：「可以出鍋了！」

幫廚們紛紛上前，將鍋中的食物盛入盤中，廚房裏頓時飄滿撲鼻的香味。餃子三人難以置信地看着那一盤盤煮得軟嫩無比的食物。短短數分鐘，用一簇小小的火焰煮熟這麼大一鍋食物，紅髮少女是怎麼做到的？

「布魯布魯！」四不像聞香而動，噌的一聲從金盾棺材裏躥出來，一個「餓虎撲食」撲向一盤肉塊，啊嗚一口將肉塊咬掉了一大半，然而牠還沒吞下去，又噦的一聲，把肉塊全都吐到了地上。

　　布布路捏起一塊肉送到嘴裏嚐了嚐，也皺起了眉頭，五官痛苦地擠在一起說：「好鹹啊！」

　　布布路他們的動靜引起了紅髮少女的注意，她怒氣沖沖地走到四個預備生面前，高聲質問道：「你們是誰？竟敢擅闖廚房重地，還浪費我精心烹製的食物！」

　　「呸呸呸！布魯哇啦，嘁嘁嘁！」四不像噗噗地噴着口水，在被丟到地上的肉塊上又踩又跺，雖然誰也聽不懂牠在說甚麼，但牠的神態和舉止準確地表達出牠對肉塊的厭惡。

　　「這隻醜八怪怪物是在鄙視我的廚藝嗎？」紅髮少女漲紅了臉，氣急敗壞地對布布路四人吼道，「誰是這隻怪物的主人，必須向我賠禮道歉，並賠償被牠浪費的食物！」

　　「對不起，對不起，我們一定賠償你的損失。」餃子趕緊點頭哈腰地上前道歉。他可不想在這裏鬧事，萬一把八卦記者們吸引過來，情況就更糟糕了，說着，餃子朝帝奇暗暗努嘴，示意他去買單。

　　但布布路搶先一步走到紅髮少女面前，一臉誠懇地說：「同學，你燒火的功力好厲害，可是你煮的食物真的太難吃了，這樣做太浪費食物了！」

　　「你——說——甚——麼——」紅髮少女氣得渾身發抖。

　　餃子三人連連擦汗，隨着紅髮少女越來越生氣，廚房裏的溫度也越來越高，空氣中的每一個分子彷彿都在燃燒，簡直堪比蒸籠！

　　更令人擔憂的是，紅髮少女的怒意還在不斷滋長……

就在大家熱得無法忍受的時候，一個黑色的人影悄然無聲地飄了出來，幽幽地擋在了紅髮少女和布布路四人之間。

那是一個身着黑色短裙的短髮少女，少女背對着布布路他們，一時間看不清她的樣貌，但布布路他們明顯感覺到，自從短髮少女出現的那一瞬間，廚房裏的溫度陡然下降了。

紅髮少女的情緒也冷靜下來，她警告般地瞪了布布路和四不像一眼，狠狠地說：「今天算你們運氣好，如果再來惹我，我一定要你們好看！」

說完，紅髮少女傲慢地繼續去指揮幫廚們烹煮食物，不再搭理布布路他們了。

短髮少女這才緩緩轉過身，面向布布路他們。她的容貌十分清麗，一對金色的瞳仁如同蛇類生物般十分搶眼。

在布布路四人好奇的注視下，短髮少女謙遜地向他們做出一個「請」的手勢，將布布路他們帶到廚房深處的後門。

布布路一行自後門走出餐廳後，短髮少女微微向四人點了點頭，像一道幽靈一般悄無聲息地翩然而去。

隨着短髮少女的遠去，四周的空氣終於不再那麼陰冷了，餃子目送着短髮少女的背影，唏噓道：「這位小姐姐又是誰？長得倒是挺漂亮的，可是怎麼不愛出聲呢？」

怪物卡知識點小測驗

判斷題，認為正確請打✓，認為錯誤請打✗。

Q01 只要參加怪物大師培訓基地的招生考就能夠獲得怪物卡。

（　　　）

答案在本頁底部，答對得 **10** 分，你答對了嗎？

解析：並不是參加招生考就可以獲得怪物卡，而是需要在考試期間成功孵化出屬於自己的怪物後，才有資格獲得怪物卡。即便如此，如果沒有通過招生考中的項目，也還是會被收回怪物和怪物卡。

■即時話題■

布布路：金貝克導師的辦公室好氣派啊，到處都金光閃閃……我剛踏進去的時候，以為自己被鎂光燈包圍了，差點舉棺材擋臉！

帝奇：哼，少見多怪，那就是暴發戶的品味！

餃子：噓，你想冒犯大姐頭嗎？（衝帝奇使眼色）

賽琳娜：無所謂，暴發戶有甚麼不好嗎？不過我覺得你們對暴發戶有誤解。我家的裝潢可不是金光燦燦，而是……田園小碎花。唉，其實還不如金貝克導師的辦公室呢！

餃子：話說，你們知道嗎，其實金貝克導師和他弟弟也是出身貧民窟，但兩個人的能力不錯，小時候也長得秀氣，因此被當地人戲稱為「貧民窟裏的寶藏男孩」！

賽琳娜：呃，你這個信息量有點大，我實在無法把金貝克導師的臉和所謂的「寶藏男孩」畫上等號！而且你這樣說會讓我覺得，歲月是把那啥的大刀！

布布路：咦咦咦，餃子，你怎麼知道的？

餃子：我最近在科娜洛導師那邊勤工儉學，每天幫她洗試管和玻璃皿等，聊天的時候說起我是貧民窟裏的小王子，然後科娜洛導師就提到了金貝克導師和他弟弟……哈哈哈，不過肯定是我比較帥！

帝奇：哼，我看你是皇族裏的厚臉皮才對！

完成這個測試後，可以判定自己對於怪物卡知識點是否瞭如指掌。測試答案就在第二十部的243頁，不要錯過嘍！

測試答案就在第二十部的243頁，不要錯過嘍！

這是成為怪物大師的必經之路！！！

MONSTER ROASTER ♦LOVE! DREAM!♦

嗨，親愛的讀者，對於怪物大師預備生們平日最愛刷的卡，你了解多少呢？現在快拿起筆，小測驗的時間到了！

✗：漁夫

新世界冒險奇談
第三站 STEP.03
備戰守擂賽
MONSTER MASTER 20

藍盾基地的合作邀請

「她是『四靈士』後人——玄武。」一個身材修長的少年出現在布布路四人身後，少年身披一件藍白相間的斗篷，自來熟地跟他們搭話道，「你們剛剛從後廚出來，想必也見過今天的主廚——朱雀了吧？」

「玄武？朱雀？哦——」布布路恍然大悟，「原來她們兩個和青龍、白虎一樣，也是『四靈士』的後代啊！果然各個都很有個性！」

「沒錯，她們四個就是這一代繼承了四神封號的四大家族守護者，由於這一代的四位守護者恰好都是女性，所以她們又被稱為『四女神』。」少年肯定了布布路的猜測，注意到餃子三人戒備的眼神，連忙笑着自我介紹道，「你們別擔心，我不是八卦記者，我是來自藍盾基地的預備生──杜伯安，對於你們一到四神基地就被擺了一道，還被拍下丟臉照片的事，我深表同情。」

布布路四人尷尬地對視一眼，一點也不想記起這事。

「看你們的樣子，不會對明天的擂台賽還一無所知吧？」杜伯安又主動向幾人介紹道，「明天的擂台賽，正是由『四女神』來守擂，如果能在對戰中擊敗她們，就能獲得四大家族世代傳承的祕寶。」

「甚麼祕寶？」餃子興趣盎然地問。

「這個倒是沒有明確告知，但如果說四神基地這個古老的強豪基地，如今還有甚麼能吸引世人注意的寶貝，那無疑就是『吉星符』了。」杜伯安心馳神往地說，「雖然人們都聽說過『吉星符』的大名，但誰也沒親眼見過，更不知道它有甚麼作用，但傳說中『四靈神』呼風喚雨的力量，仍然令今天的人們趨之若鶩。所以，自從四神基地放出這個消息之後，已經陸續有一些基地的預備生主動前來挑戰了。結果，他們全都被打得落花流水，而且他們慘敗的畫面，總會恰好被拍下來，發表在隔天的小報上。」

「難怪我最近看到不少四神基地崛起的新聞。」賽琳娜托

着下巴道。

　　杜伯安點點頭，繼續說：「但那些前來挑戰的，都是來自一些不知名的小基地的預備生，所以只是小打小鬧。可明天的擂台賽就不一樣了，前來打擂的不僅有我們藍盾和達爾拜歌基地這樣實力雄厚的大基地，還有大名鼎鼎的摩爾本十字基地的明星預備生。如果能在明天的擂台賽上，一舉擊敗這三大基地，四神基地絕對會聲名大振。」

　　布布路聽得一頭霧水，餃子三人卻流露出了若有所思的神情。

　　十字基地不可能不知道四神基地的野心，可他們四個還是

被派來參加擂台賽了。這麼想來，說不定十字基地是故意派他們來充當誘餌的，只要將媒體和各方的注意力都吸引到所謂的「明星預備生」身上，十字基地和管理協會就可以暗中調查隱藏任務泄露的事了，畢竟他們也不是第一次當誘餌。但既然他們接下了這個任務，就要全力以赴扮演好自己的角色。

「你們一定不想在明天的擂台賽上再次被四女神設計吧？」杜伯安壓低音量提議道，「不如和我們藍盾基地聯手一起來對抗四神基地怎麼樣？」

聽到這兒，賽琳娜他們終於明白杜伯安過來套近乎的原因了，餃子露出老謀深算的笑容，喃喃地沉吟道：「聯手……這倒不失為一個好提議……」

萬眾矚目，擂台賽開始了

第二天一早，天邊剛泛起魚肚白，四神基地內就已經人頭攢動、熱鬧非凡了。

四神基地的擂台場館內，掛滿了巨大的橫幅、彩球和熒光看板，上面用誇張的字體寫着諸如「四女神，愛你們」「永遠支持四女神」「四神基地必勝」之類的文字。

當青龍、白虎、朱雀和玄武並肩入場時，場館內頓時沸騰了，觀眾們歡聲雷動，如同迎接偶像一般，扯着喉嚨亢奮地叫個不停。

「哇，四女神真受歡迎啊，有這麼多擁護者。」布布路和同伴們坐在挑戰席中，羨慕地說。

放眼看去，觀眾席裏那些四女神的擁護者，不光有四神基地的預備生，還有很多大叔大嬸、叔叔阿姨和爺爺奶奶。這些人全都是從四神基地附近的城鎮特地趕來的，看他們的表情，似乎很期待四神基地的重新崛起。

媒體看台上則匯聚了幾乎所有來自琉方大陸各大報紙雜誌的記者，餃子和賽琳娜冷汗直流，暗暗哀歎，今天這八卦記者的數量，比昨天在預備生餐廳還要多上十倍！

噹！噹！噹！

在一陣洪亮的敲鐘聲後，比賽開始了。主辦方將所有挑戰者的名字分別寫在圓球上，放進了一個小箱子裏。接下來，將通過隨機抽取的方式，決定上台挑戰的次序。

巧合的是，第一位上場的挑戰者布布路他們認識，正是來自藍盾基地的杜伯安！

杜伯安從挑戰席中站起來，朝着坐落在場館中央的擂台走去，經過布布路四人時，杜伯安示意般地對他們擠了擠眼睛。

杜伯安作為藍盾基地的代表昨天和吊車尾小隊做了約定，先被抽籤上台的人，不會急於求勝，而是竭盡所能地試探對手的實力。知己知彼方能百戰不殆，只有摸清四女神的戰鬥實力，才能制定出準確的戰術，從而一擊制勝。作為第一個被抽中上場的人，杜伯安已經做好了即使無法獲勝也要為後面的挑戰者鋪路的心理準備。

守擂席上，在追隨者們雷鳴般的歡呼和掌聲中，朱雀昂着頭走上了擂台，她將是第一場對戰的守擂者。

第一戰：鋼客 vs 鶉火

朱雀和杜伯安各自站在擂台的一角，隨着主持人一聲「對戰開始」的口令，第一場對戰開始了！

「鶉火，出來吧！」朱雀手中拿着一張紅色的怪物卡朗聲召喚道。

在一片鑽石般閃亮的光芒中，一隻猶如傳說中的不死鳥般的赤紅色怪物躍出怪物卡，出現在擂台上。

鶉火登場後，杜伯安明顯感到腳下的擂台像燒着的鐵板一樣變得越來越熱。不想淪為鐵板燒的話，這場比賽必須在最

短的時間內決出勝負。

　　杜伯安一秒也不敢耽擱，立即召喚出自己的怪物，率先發起了攻擊。

　　杜伯安的怪物渾身閃耀着鋥亮的金屬光澤，手持長矛，外形酷似一尊鋼炮。

　　怪物猛然提速，發出身體突破聲障時的嗡嗡聲，長矛隨之化成一枚巨大的炮彈，筆直地朝着鶉火發射而去，速度快得化成了一道銀色的虛影。

　　「哇哇！杜伯安的大炮好厲害！」布布路在台下拍手叫好，引得其他挑戰者紛紛側目。

　　「笨蛋，昨天晚上不是告訴過你嗎？杜伯安的怪物不是大

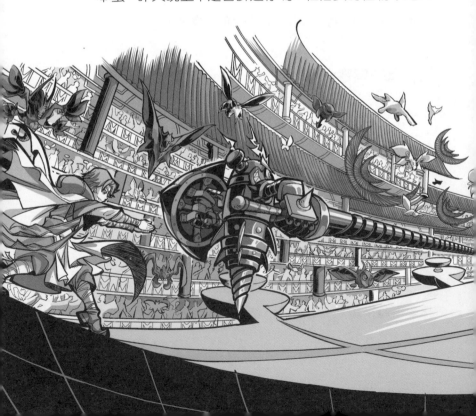

炮，是『鋼客』。」賽琳娜紅着臉糾正布布路，「鋼客是物質系怪物，身軀由一種近乎鋼鐵般堅硬的礦物質構成，要從物理上攻破和擊傷鋼客是很難的，而牠手中的『騎士長矛』也比普通的長矛更長，加大了鋼客的攻擊範圍。」

「朱雀的怪物鶉火也不容小覷，」餃子在一旁補充道，「鶉火是超能系怪物，必殺技『碧雷流響』可以隨意操控高頻震波，使攻擊目標內部的水分高速旋轉和摩擦，從而令溫度急劇升高並最終導致爆炸。昨天在後廚，朱雀用一簇小小的火苗就煮熟了一大鍋食物，想必就是利用了鶉火的能力。」

「這麼厲害啊！」布布路驚訝地捂住嘴巴，擔心地問餃子，「如果鶉火的技能用在人身上，杜伯安豈不是也會爆炸？」

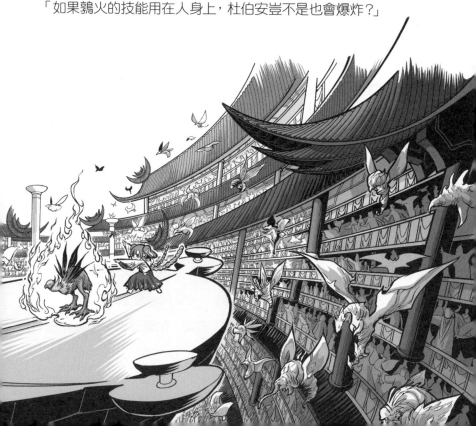

「不用擔心，這項技能對有生命的物體是有限制的，」賽琳娜告訴布布路，「當鶉火的攻擊目標是人類時，最多只能加熱人體內五分之一的水分，只會令人熱得難受，不會危及性命。」

杜伯安面色漲紅，流出的汗水將斗篷浸得濕漉漉的，顯然正在遭受鶉火的攻擊。

即便如此，杜伯安的注意力卻異常集中，依然堅持指揮着鋼客發出密不透風的攻擊。

帝奇讚許地看着杜伯安，沉聲道：「這場對戰杜伯安未必會輸。鶉火的技能雖然會對杜伯安造成困擾，但卻對鋼客無效，因為鋼客不含水分。」

帝奇的分析很快被證實了，鋼客由金屬打造的身軀，不僅吸收了「碧雷流響」的攻擊，還將那些熱量高頻震波以電火花的形式劈劈啪啪地悉數反射而出，在擂台上形成了有如煙花般炫目的效果，使得對戰場面流光溢彩。

外行看熱鬧，觀眾們被這絢爛的火光吸引，爆發出震耳欲聾的歡呼和吶喊。而內行看門道，鋼客明顯佔據了優勢，牠以接近聲速的速度每秒數十次地對鶉火刺出長矛，漸漸將鶉火逼到擂台死角。

眼看着鶉火快被長矛戳中，帝奇卻注意到守擂席上，青龍露出了勝利在望的微笑。

等帝奇的視線再回到賽場時，一陣黑煙從鋼客的體內冒出，牠的金屬身軀瞬間變得焦黑，猶如一架高速運轉的發動機

突然爆缸了一般，所有攻擊戛然而止。

全場譁然，這突如其來的轉折，令看台上的預備生們紛紛懷疑自己是不是漏看了甚麼，鶉火竟然以出神入化的速度逆襲，爆破了鋼客？

而最為詫異的人當屬擂台上的杜伯安了，他瞠目結舌地看向鋼客，似乎不明白發生了甚麼……就在他稍作遲疑的這一瞬間，被壓制到角落裏的鶉火抓住了機會，展翅躍起，將一臉愕然的杜伯安撲翻在地。

比賽結束的鐘聲響起，主持人衝上擂台，高高舉起朱雀的右手，大聲宣佈：「第一場對戰，朱雀勝！」

觀眾席上歡聲雷動，守擂席上，青龍身後的白虎和玄武露出了不出所料的表情，與之形成鮮明對比的是，挑戰席上卻是一片疑雲重重的寂靜。

杜伯安神情古怪地從地上爬了起來，他的身邊，鋼客身上依然閃爍着漂亮的金屬光澤，剛才的瞬間焦黑彷彿只是自己的錯覺……然而看其他預備生詫異的表情，顯然也目睹了這不可思議的一幕。

餃子瞇了瞇狐狸眼，總覺得剛才的挑戰賽有些蹊蹺，可他又說不出甚麼門道。

而比賽還在進行……

「下一個被抽中的挑戰者是來自摩爾本十字基地的布布路！」主持人舉着寫有布布路名字的圓球，高聲宣佈。

「哇！是我！好久沒打擂台賽了。」布布路露出躍躍欲試的

表情。

　　記者席上一片躁動，剛剛還只是偶爾亮一下的閃光燈，此時全都咔咔咔地閃個不停，一些記者激動地對着攝像機高呼：「觀眾朋友們，我們終於等到明星預備生上場了，接下來的這場比賽會有多精彩呢？讓我們拭目以待！」

　　杜伯安訕訕地回到挑戰席，在經過餃子身邊時，他悄悄丟下一個小紙團。

　　餃子展開紙團，上面寫着：

　　你們也注意到鋼客瞬間變黑了吧？我聽聞，之前那些前來挑戰的預備生，也遭遇過類似的難以解釋的異象，好像有一股看不見的力量在暗中幫助着四女神，你們好自為之吧⋯⋯

新世界冒險奇談
第四站 STEP.04
令人生疑的對戰
MONSTER MASTER 20

包廂裏的神祕之手

　　餃子不動聲色地收起紙團，正想提醒布布路，但旁邊的座位已經空了，布布路腳下如同踩着彈簧，踏着挑戰席的座椅靠背，輕盈地躍上了擂台。

　　他站定後，將巨大的金盾棺材放在一邊，擂台的地面發出一聲沉悶的迴響，大家這才意識到這個瘦巴巴的男孩身上背着一個何其沉重的東西。

　　觀眾席上一片驚歎聲，記者席上的閃光燈亮得讓人睜不開

眼睛，一個記者尖聲解說道：「不愧是參與過多次隱藏任務的明星預備生，整套動作有如蜻蜓點水，剛柔並濟，可見他對力量和速度的拿捏，已經到了出神入化的境界！」

擂台上的朱雀也暗暗吞了下口水，警惕地看着布布路。

布布路看朱雀仍然站着不動，納悶地問：「咦？不換人嗎？！」

觀眾席和記者席上再次譁然，來自摩爾本十字基地的明星預備生好狂妄！居然不把朱雀放在眼裏！

「是你！」朱雀認出布布路就是昨天在後廚挑剔食物不好吃的傢伙，不禁怒火中燒地喝道，「你以為你是誰啊？還敢挑對手！」

挑戰席上，餃子和賽琳娜哭笑不得，布布路還是一如既往的直率。雖然他們想逐一摸清四女神的實力，但是這樣當眾要求換人，也太讓個性驕傲的朱雀沒面子了吧！

餃子趕緊到擂台邊，滿臉堆笑地解釋道：「朱雀小姐，布布路絕對沒有鄙視您的意思，相反，我們非常仰慕您的實力。但因為您剛才已經打過一場了，現在肯定累了，布布路不想佔您的便宜，所以想換個對手……」

可惜朱雀不買餃子的賬，她兇巴巴地對布布路說：「放心吧，就算我已經打過一場，要撂倒你還是綽綽有餘！」

只是朱雀沒想到，她的話音剛落，挑戰席上傳出了一陣起哄聲：

「這位小哥說得有道理啊，為甚麼不同意換人？明明換人

更為公允！」

「對啊，憑甚麼挑戰者要接受抽籤，守擂者卻可以自由決定出場順序？」

原來，是杜伯安慫恿其他幾個基地的預備生，在為布布路他們助陣。

八卦記者們的鏡頭也紛紛對準四女神，記者們更是七嘴八舌地爭相解說道：

「前來挑戰的預備生們向四女神發起了質疑，四女神將如何應對呢？」

「為甚麼四女神不肯接受換人的提議？難道這其中有甚麼不為人知的內幕？」

四女神的擁護者們為了支持四女神，聲勢浩大地高呼起「支持四女神」和「四女神最棒」的口號。然而，他們的口號聲越大，挑戰席上的起哄聲就越大，八卦記者的猜疑和興趣也就越大。

面對越來越失控的局面，朱雀又氣又急，詢問般地看向守擂席上的青龍，青龍的臉上雖然還是掛着微笑，目光卻看似無意地落向了觀眾席的某處。

帝奇一直在暗中注意着四女神的一舉一動，立刻敏銳地捕捉到，觀眾席二層的貴賓包廂區內，有一間包廂的珠簾一直低垂着，此時，低垂的珠簾後突然伸出一隻手，拇指朝上地比了一個手勢。

青龍看到手勢後才轉過頭，對朱雀點了點頭。

「這次算你走運！」朱雀不甘心地瞪了布布路一眼，走下擂台。

布布路的神力大爆發

擂台隨着朱雀的退場而冷卻下來，下一個守擂的是玄武，與張揚的朱雀不同，她從登上擂台到召喚出怪物，全程悄無聲息。

如果不是那隻足有一人高的巨大黑色玄龜足夠顯眼，大家都幾乎要懷疑她接下來還有沒有動作了。只是，那玄龜爬行的速度慢吞吞的，磨蹭了半天才挪動了一步的距離，而玄武本人也一動不動地站在擂台一角，觀眾席上出現陣陣不耐煩的騷動。

「我要出招嘍！」布布路等了片刻，見玄武沒有動手的意思，便朝她抱了抱拳，拔腿朝玄武迎面攻去，形如閃電！

「縛——」玄武不慌不忙地舉起一隻手，氣定神閒地輕吐出一個字，她的音量雖然不大，音波卻足以傳至場館的每一個角落，在每一個人的耳膜上留下陣陣回音。

那盪漾的回音如同烙在腦中，怎麼也甩不掉，布布路驟然僵在原地，像被某種無形的東西給牢牢地束縛住了，除了臉上尚能扯出一絲表情外，身體其他部位全都動彈不得了。

嗖——一團鐵鏽般難看的陰影自棺材中躥出，被吵醒的四不像生氣地怪叫着，踩着布布路的腦袋當踏板，齜牙咧嘴地撲向玄武。

「眠——」玄武幽幽地轉過頭，不疾不徐地又朝四不像輕

吐了一個字。

「嘎!」四不像凸起的兩隻銅鈴眼突然一合,豎起的耳朵唰地垂下來,撲通一聲栽倒在地,「呼嚕嚕」地又睡着了!

比賽才開始一分鐘,玄武只說了兩個字,就把對手擊敗了嗎?

雖然比賽沒有想像中那麼激烈,但在四女神的擁護者們眼中,這可是偉大的勝利,全場觀眾起立歡呼,整齊劃一地搖旗吶喊:「玄武!玄武!必勝無阻!」

八卦記者們更是亢奮地記錄不停,風頭正勁的明星預備生居然在一分鐘內便被擊倒了,這絕對是勁爆的大新聞!

喧嘩聲中,賽琳娜煩躁地嘟囔:「布布路肯定不認識玄武的怪物,那隻黑色玄龜是超能系的怪物 —— 龍馬,牠的主要能力是預知,但牠還有一個鮮為人知、堪比魔咒的技能,叫作『言靈』,言靈即言出必靈,能使說出來的話變為現實。但『言靈』的使用有着非常嚴格的制約條件,首先,這個技能只能作用在有思想的人類或怪物身上,而且施術者不可存有殺念,所以嚴格來說這並不是一項戰鬥技能;其次,『言靈』的效果根據內容不同,持續時間也不同,最短一個時辰,最長能持續一天,除非施術者主動將其解除。」

可惜,台上的布布路聽不到大姐頭的解說,看到四不像莫名其妙倒下之後,布布路十分擔心,焦急地大喊:「四不像,你沒事吧?」

見四不像毫無反應,布布路更着急了,一邊用力呼喊,一

邊暗暗發力，全身的肌肉都緊繃起來。然而束縛住他的無形枷鎖並非來自外部的力量，而是某種精神層面的暗示，布布路不論怎麼掙扎，仍在原地紋絲不動。

但布布路又怎麼會輕言放棄？此刻他腦中唯一的念頭就是要到四不像身邊去，他咬緊牙關，那力量大得恐怕能把堅硬的岩石碾得粉碎！雖然觀眾席和擂台之間有一段距離，但很快，整個場館都感受到了布布路體內迸發出的強大氣場！

「哇啊啊啊──」

在一聲震天的嘶吼聲中，布布路渾身的肌肉隆起，連周圍的空氣也跟著劈啪作響，隨即，他如同被釘在地上的腳，居然以極不協調的姿勢向前邁出了一步，在險些跌倒的瞬間，另一隻腳也向前邁了一步，兩步、三步……轉眼間，布布路調整著姿勢，飛奔了起來！

連四女神的擁護者們都被布布路的力量驚呆了，觀眾席上爆發出熱烈的掌聲，八卦記者們閃光燈的咔咔聲不絕於耳。杜伯安激動得直接從椅子上跳起來，驚呼道：「天哪，中了『言靈』的人竟然能夠憑藉自身的力量脫困，這是多麼強大而可怕的肌肉力量！」

餃子得意地連連點頭道：「那當然，我們家布布路可是有著野獸一般的神力。」

賽琳娜也暗暗鬆了一口氣，自言自語道：「難道是因為布布路的神經特別大條，所以精神力的攻擊對他起不到百分之百的作用？」

帝奇則一直冷眼注視着觀眾席二層的那間包廂，在布布路衝破了「言靈」的桎梏後，低垂的珠簾突然被掀開了一角，顯然，布布路的「神力」也令包廂裏的神祕人物大感意外。

意外的落敗

布布路神乎其神的表現讓玄武金色的瞳仁裏閃過一絲錯愕，面對疾衝而來的布布路，她本能地後退了兩步。

但很快，玄武恢復了冷靜，她定定地看着布布路，高舉的左手在空中輕輕畫了個圈，再次輕吐出一個字：「沼——」

她的話音落下，擂台堅硬的地面化成了綿軟的沼澤。奔跑中的布布路一個跟蹌陷入泥漿之中，他奮力掙扎着，卻只是越陷越深……

這時，比賽結束的鐘聲響起，挑戰席上一片嗟歎，本以為布布路已經穩操勝券，沒想到在最後關頭，又出現了出乎意料的狀況。

賽琳娜難以置信地說：「不對啊，『言靈』只能作用於有生命的人類和怪物，怎麼會令沒有生命的擂台化作泥沼呢？」

「第二場比賽結束，勝利者是——玄武！」當主持人的聲音響起，玄武幽幽地舉起左手，對着布布路和四不像說：「解——」

擂台上困住布布路的沼澤消失了，四不像也睡眼惺忪地醒了過來。

在觀眾們熱情的歡呼聲中，主持人在台上動情地說：「接連兩場精彩的守擂賽，讓我們親眼見證了四女神的實力，她們不愧是『四靈士』的後代，在她們的領導下，四神基地一定會再次成為強豪基地……」

主持人說得激情澎湃，餃子三人突然跳上了擂台，賽琳娜不客氣地從主持人手中搶過話筒，大聲喊道：「我們抗議，這擂台賽有問題！」

現場瞬間靜了下來，八卦記者們的鏡頭齊齊對準了擂台上的布布路四人，誰也沒想到今天的熱門人物會做出這樣的舉動。

「你們是不是輸不起啊？」朱雀跳上擂台，不客氣地譏諷道。

「不服氣的話，我們再打一場！」白虎也捲起袖管飛身上台。

「朱雀，白虎！」青龍輕聲制止了朱雀和白虎，她理了理長袍，步伐款款地移步走上擂台，優雅而得體地

向着全場點頭致意一圈，最後才面向布布路一行，笑容滿面地說，「來者是客，讓客人感到不滿意，是身為主人的恥辱，對此我深感歉意。請問四位貴客，你們認為這擂台賽有甚麼問題呢？」

「在剛才的兩場比賽中，鶊火和龍馬都使出了超出牠們能力的技能，」餃子瞇着笑眼，慢條斯理地問青龍，「該不會是有人使了作弊手段吧？」

青龍還沒回話，觀眾席上就響起一片噓聲，四女神的擁護者們爭先恐後地叫道：

「四女神才不會作弊，怪物之所以超常發揮，那是因為牠們繼承了神力！」

「『四靈士』的後代是靈能力者，怎是你們這些普通預備生能比肩的？」

「你們難道不知，這片土地是受到『四靈神』庇佑的嗎？」

見餃子四人快要被口水淹沒了，杜伯安趕緊帶着藍盾基地的預備生上前聲援道：「就算是『四靈士』，也不能施展出超乎怪物能力的技能吧？」

達爾拜歌等其他基地的預備生也參與進來，表達內心的疑慮：「怪物大師靠的是主人和怪物的心意相通，如果是憑藉神力的庇佑取勝，那也不是甚麼光榮的勝利吧？」

四女神的擁護者們和前來挑戰的各基地預備生們吵成一團，八卦記者們亢奮不已，不停地在中間推波助瀾，以便拍攝到最勁爆的新聞畫面。

眼看着現場亂成一鍋粥，觀眾席裏突然爆出一聲有如驚雷般的怒吼：「都給我安靜 ——」

只見一個滿臉絡腮鬍的魁梧中年男人穿過擁擠的觀眾羣，從高高的看台上一躍而下，男人形如虎熊，身手卻迅捷如豹貓，輕巧地落在擂台上。

　　當男人抬眼，目光銳利地向四周掃射了一圈之後，喧鬧的場館裏頓時鴉雀無聲，所有人都被他懾人的氣勢鎮住了。

　　男人順手從賽琳娜手中抓過話筒，霸氣地向以青龍為首的四女神質問道：「我也很想知道，你們為甚麼能在擂台上施展出超越怪物本身技能的招數！」

　　本以為朱雀又會傲慢地反問「你以為你是誰啊」，沒想到四女神全都露出敬畏的神情，齊齊恭敬地向男人彎腰行禮道：「弭特區長！」

怪物卡知識點小測驗

判斷題,認為正確請打✓,認為錯誤請打✗。

怪物卡能顯示怪物的屬性。

( )

答案在本頁底部,答對得10分,你答對了嗎?

解析: 在《怪物大師·穿越時空的怪物果實》中,黑鷺導師曾經解釋過,怪物卡會顯示怪物和主人的基本資料。怪物的屬性屬於基本資料之一,所以這個說法是正確的。

■即時話題■

餃子: 你們有沒有發現,四女神的個性雖然各不相同,但骨子裏其實挺一致的!青龍是個「笑面虎」,白虎是個高冷的假小子,朱雀是個一點就着的暴脾氣,玄武倒是很低調神秘。

帝奇: 所以你想說的骨子裏其實挺一致的是指啥?

餃子: 當然是長得好看啊!

帝奇: 膚淺!(白眼)

布布路: 說到四女神,我怎麼覺得朱雀很聽玄武的話?

餃子: 那是,本來感覺朱雀都要「放火」燒廚房了,玄武一來,她就立刻「熄火」,沒脾氣了。照我看來,青龍表面上是四人中佔主導地位的,但實際上,她們私下裏的眼神交流中,拿主意的主要是玄武。

賽琳娜: 難不成這個玄武很不簡單?

餃子: 不好說,我們就繼續觀察下去吧,總能發現一些蛛絲馬跡的!

完成這個測試後,可以判定自己對於怪物卡知識點是否瞭如指掌。
測試答案就在第二十部的243頁,不要錯過喲!

雷鳴的四神基地
MONSTER MASTER 20

新世界冒險奇談
第五站 STEP.05
神奇的怪物閃鑽卡
MONSTER MASTER 20

大人物也來了

　　弨特區長是甚麼人？布布路四人面面相覷。

　　見布布路他們一臉困惑，杜伯安湊過來悄悄介紹道：「弨特是怪物大師管理協會中負責管理琉方大陸崑崙特區的區長，四神基地就屬於崑崙特區轄區範圍內。這位弨特區長的脾氣很火爆，聽說他個性耿直，曾經多次當眾跟三大委員長拍桌子，雖然經常得罪人，但口碑還不錯，在管理協會裏的威望很高。想不到，今天的擂台賽還有這樣的大人物出席。」

「弭特區長，」青龍露出她標誌性的笑容，朗聲上前說，「貴客駕到，蓬蓽生輝。區長大人今天能出席擂台賽，我們有失遠迎了，真是失禮失禮，可否請您隨我到貴賓室私談？」

布布路忍不住小聲跟三個同伴咬耳朵：「這個青龍，怎麼說話總是一套一套的啊？」

「這就是她的社交之道，用一堆冠冕堂皇的話把人吹捧得雲裏霧裏，再不經意地道出她的真正目的。」餃子笑着做出解釋。

可惜，弭特區長不吃青龍這一套，他不客氣地嚷道：「不用去貴賓室了，有甚麼話我們在這裏說，我想四神基地應該沒甚麼不可告人的祕密吧？」

弭特區長氣勢洶洶，青龍不禁有些招架不住，躊躇着看向了觀眾席二層的貴賓包廂。

似乎是感受到了青龍的困窘，包廂緊閉的珠簾終於從裏面掀開了，一個身形高大、鬍眉垂肩的中年男人緩緩從包廂裏走了出來，他步伐沉穩，平靜的眉眼中釋放出一種無形的威懾力。

一瞬間，整座場館的空氣幾乎凝滯，連八卦記者們都緊張得忘記了拍照。

「天哪，居……居然是天乙……」寂靜之中，不知是誰抑制不住地發出一聲低呼。

「天椅？」布布路奇怪地捅捅大姐頭，「這位大叔和天上的椅子有甚麼關係？」

「閉嘴啦！」賽琳娜一把摀住布布路的嘴，用蚊子一般的音

量解釋道,「天乙是怪物大師管理協會的三大委員長之一,是和獅子曜委員長同樣等級的重量級大人物。不過,和獅子曜委員長不同,天乙委員長負責的是管理協會的尖端技術和前沿科學的研究,曾經跟我們打過交道的辛查德教授,就隸屬於管理協會下屬的科研所分部,正是天乙掌管的部門⋯⋯」

帝奇若有所悟地瞇了瞇眼睛,原來剛才在包廂裏向青龍做手勢的人,竟是大名鼎鼎的天乙。

委員長的重磅消息

說話間,天乙信步走到了擂台中央,凜然道:「弭特區長的疑問還是由我來解答吧。」

隨着他鏗鏘有力的聲音響起,呆若木雞的記者們終於回過神來,爭先恐後地舉着蜂眼鏡頭撲上來,把天乙團團圍住,甚至把弭特都擠到了一邊。

萬眾矚目之下,天乙從容地提起一口氣,精神澎湃地高聲說道:「剛才朱雀和玄武在擂台上的出色表現並非作弊,而是在我的授意下,使用了這項管理協會下屬科研所的新成果⋯⋯」

說着,天乙抬起左手,他的手中赫然拿着一張閃耀着鑽石光芒的卡片,布布路四人踮着腳看過去,那張卡片的大小和外觀都很像怪物卡,造型卻華麗數倍,在鎂光燈的映襯下,更是變幻出彩虹一般的七彩光芒。

這是甚麼東西？布布路四人和在場的所有人一樣，全都驚詫不已。

天乙像對待心頭至寶一般，小心翼翼地將卡片展示到記者們的鏡頭前，一字一頓地鄭重宣佈：「這是 ── 怪物閃鑽卡！」

偌大的場館內鴉雀無聲，只有天乙一個人的聲音迴盪其中 ──

「目前，各大基地的預備生以及絕大多數怪物大師使用的怪物卡，只具備存儲怪物、顯示怪物各項指標數值，以及回復體力的功能，而怪物閃鑽卡是在怪物卡的基礎上，增加了一項功能，已經在剛才的兩場擂台賽上向大家展示過了，那就是盟友功能。持有閃鑽卡的預備生或怪物大師，可以互相添加彼此為盟友，並通過閃鑽卡存儲盟友的怪物技能並收為己用。

不過，現階段的怪物閃鑽卡還有一定的限制，比如一張閃鑽卡裏每次只能存儲一個盟友，並使用該盟友的一項怪物技能，只有將該項怪物技能使用殆盡之後，才能重新添加新的盟友和使用新的怪物技能；另外，在戰鬥中，不僅可以單獨使用盟友的怪物技能，也可以與自己的怪物技能進行疊加和融合。但是一加一未必等於二，若搭配不當，反而會削弱自己的怪物技能，造成負面效果。」

　　儘管閃鑽卡有使用限制，但現場還是因為這一神物的誕生而一片譁然。

　　持有閃鑽卡，就可以和盟友相互分享怪物技能，不用締結心靈契約就能使用其他人的怪物招數，這聽起來簡直像天方夜譚！可在剛才的擂台上，朱雀和玄武已經用實際行動展現了這種可能性……

毫不誇張地說，天乙掌管的科研所，已經將無數人的夢想變為了現實！

有了怪物閃鑽卡，再添加合適的盟友，怪物大師們哪怕是在孤立無援的情況下，也可以通過存儲在卡內的怪物技能進行戰鬥，甚至將怪物技能進行疊加，融合出更加出神入化的效力，這絕對是一個足以改變歷史進程的偉大發明！

內測計劃與安全隱患

「閃鑽卡好厲害！我也想要！」布布路眼睛裏都冒星星了，心想，這張卡總能裝下四不像了吧？！

賽琳娜則恍然大悟地說：「難怪四神基地最近逐漸興盛起來，原來是靠着怪物閃鑽卡。」

帝奇不屑地輕嗤道：「靠着外力和道具提升戰力，這和作弊有甚麼區別？四神基地距離真正的強豪基地，還差得很遠。」

餃子若有所思地沉吟道：「難道這次四神基地聲勢浩大地舉辦擂台賽，真正的目的是幫助管理協會科研所展示閃鑽卡嗎？」

杜伯安遺憾地歎道：「如此看來，關於『吉星符』的承諾，也不過是個噱頭罷了，有了閃鑽卡的加持，根本沒人能打贏四女神。」

媒體可沒有餃子他們這麼多顧慮，閃鑽卡的公開，無異於在早已沸騰的水面又丟下一塊燒紅的炭，八卦記者們爭相拍

照，閃光燈幾乎快要亮瞎前排觀眾的眼睛。

喧嚷之中，一個記者扯着嘶啞的喉嚨，聲嘶力竭地提問：「天乙委員長，請問您為甚麼選擇四神基地作為閃鑽卡的首次亮相場地？」

天乙面帶微笑地回答：「因為我本人就是從四神基地畢業的，對這座歷史悠久的基地有着深厚的感情。而且，我最近聽聞，四神基地要舉辦擂台賽，通過預備生之間的對戰，可以最直接地展示出閃鑽卡的功效，所以我就在幾天前聯繫了四神基地，徵求了青龍她們的同意，讓她們幾個在擂台賽上試用閃鑽卡。」

餃子連連搖頭，以他行走（騙）江湖多年的經驗來看，天乙委員長肯定是在撒謊。他和四女神之間的眼神交流十分默契，他們絕對不是只認識幾天而已。

而前來挑戰的其他基地的預備生們也早就坐不住了，他們激動地向天乙提議：「委員長，除了四神基地之外，其他基地的預備生該通過甚麼途徑得到閃鑽卡呢？」

「這正是我接下來要宣佈的消息。」天乙抬起雙手，等到現場恢復了安靜，他鄭重地宣佈道，「科研所第一批批量製造完成的閃鑽卡數量，剛好能滿足在場所有預備生的需求，我很高興地告訴受邀來參加擂台賽的各基地預備生，你們將成為閃鑽卡的第一批內測用戶，稍後將舉行閃鑽卡的培訓課，我將親自向諸位介紹閃鑽卡的更多功能！各位媒體記者可以對培訓課進行全程拍攝！學成後，各位預備生可以在後續的擂台賽上，使用閃鑽卡來繼續挑戰！」

既能成為閃鑽卡的第一批內測用戶，還能得到委員長大人的親自傳授，這個好消息令全場再次沸騰了，預備生們全都兩眼放光，備感榮幸。

四面八方響起了雷鳴般的掌聲，溢美之詞不絕於耳，幾乎要把天乙淹沒了。

公佈完一系列重磅新聞，天乙向青龍做了個手勢，四女神連忙指揮預備生擋住蜂擁而上的八卦記者，讓委員長離開場館，布布路四人也跟着委員長大人的步伐，藉機擺脫記者們。

等他們跟着委員長步入場館之外的僻靜處時，身後突然傳來一個中氣十足的聲音：「慢着——」

大家回頭一看，是弨特區長腳步匆匆地追了上來。

弨特區長審視般地看着天乙委員長說：「天乙委員長，自從我當上崑崙特區的區長，就對怪物閃鑽卡的開發有所耳聞。雖然我一度也很期待閃鑽卡的問世，但我最近讀到了一份來自科研所的調查報告，報告中清楚地記載着，一名閃鑽卡的使用

者神志不清，出現了暴力傾向。初步推測，這名使用者可能是在和怪物進行精神同調時出了問題。由此，我認為閃鑽卡存在安全隱患，不宜急於推廣。如果您一意孤行，我將對媒體公開這份調查報告！」

　　弭特區長氣勢咄咄逼人，天乙委員長卻沒有指責他的造次，而是鎮定自若地解釋道：「弭特區長，我想您應該只是讀了那份調查報告的前半部分吧？在報告的後半部分裏，醫療人員經過多方調查後發現，那位使用者本身患有遺傳性的精神疾病，所謂神志不清的暴力傾向，在他使用閃鑽卡之前的幼年時期就發作過一次，是靠着藥物才控制住了病情。之後他因為忙於研究閃鑽卡，沒能按時服藥，所以再次發病了。您口中的『安全隱患』，只是一場誤會，我向您保證，怪物閃鑽卡絕對是安全的。不過，我歡迎您全程監督閃鑽卡的內測，給我們多提寶貴意見。」

　　弭特區長皺了皺眉頭，顯然對天乙的解釋並不滿意，卻沒有再說甚麼。

　　餃子他們敏銳地注意到，天乙在目送弭特區長離開之後，平靜的眼眸中閃過了一絲不易察覺的陰霾……

雷鳴的四神基地

MONSTER MASTER 20

新世界冒險奇談
第六站 STEP.06

關不住的怪物
MONSTER MASTER 20

故技重演，碎裂的閃鑽卡

　　午餐結束後，四神基地的訓練場裏，來自四神基地、摩爾本十字基地、藍盾基地和達爾拜歌基地的預備生們聚在一起，翹首以待地看向正前方的高台。

　　八卦記者們早已在台下架起蜂眼攝像機，爭先恐後地搶奪最佳拍攝位置。

　　在眾人的殷切期待之下，天乙步入訓練場，走上高台，意氣風發地舉着一張怪物閃鑽卡，朗聲說：「歡迎各位的到來，

接下來，我將為大家詳細介紹怪物閃鑽卡的新功能 ——

「首先，從外表來看，閃鑽卡要比普通怪物卡酷炫很多，它在吸放怪物時，會發出有如鑽石般璀璨的光芒；其次，閃鑽卡上還增加了一些功能鍵，當持有者與其他人結為盟友後，卡片上會對應地亮起有對方頭像的心形圖標，而被選中的怪物技能會亮起菱形圖標，當怪物技能使用完畢後，相應的藍色菱形圖標就會熄滅，此時可以重新選擇盟友所擁有的其他怪物技能。如需更換盟友則先要熄滅心形圖標，重新添加新的盟友。

「最後，也是我們科研所花了最多心力去研究的功能，那就是 —— 遠程協助！

「使用閃鑽卡的預備生或怪物大師，當其怪物的體力值下降到無法繼續戰鬥的臨界點，可以聯絡距離在一公里範圍內的盟友，向其請求分享怪物的體力值，令自己怪物的體能迅速恢復。當然，如果將怪物的體力值分享給盟友，自己怪物的體能就會相應地下降。」

聽到這裏，在場的預備生們早已按捺不住激動之情，怪物閃鑽卡不僅有神奇的盟友功能，還能遠程協助，這些技能將極大程度地挽救困境中的怪物大師和怪物們，真是太了不起了！

感受到預備生們迫不及待的心情，天乙微笑着提高音量說：「下面將內測的閃鑽卡發給各位，請大家自由挑選盟友，研究和練習疊加的怪物技能！」說完，天乙微笑着退場了。

青龍、白虎、朱雀和玄武走了出來，她們手中各端着一個鋪着金絲絨襯布的托盤，裏面擺放着一摞摞光芒璀璨的閃鑽

卡。

在場的每一個預備生都領到了一張閃鑽卡，大家一領到卡，立刻新奇地研究起來，並在人羣中挑選自己的盟友。

布布路美滋滋地看着手中的閃鑽卡，就像看着一塊美味的蛋糕，這麼厲害的閃鑽卡，應該能將四不像收進去了吧？一想到從此以後，四不像也能乖乖地在怪物卡裏休眠，只有聽到自己的口令才能出來，布布路就激動得咧開嘴不住地傻笑。

「布魯布魯！」四不像剛剛睡醒，正坐在金盾棺材頂上，悠閒地伸着懶腰，還把布布路的腦袋當成「磨甲器」，不時抓上兩把。

「四不像，進來吧！」布布路出其不意地高高舉起閃鑽卡，激情澎湃地高呼一聲。

「布魯……嘎？」四不像的銅鈴眼驀地一瞪，身體瞬間化作一道鐵鏽紅色的虛影，在一片耀眼的光芒中嗖地被吸進了閃鑽卡中！

「哇，成功啦！」布布路激動地用力親了一口閃鑽卡，振臂歡呼，「大姐頭，餃子，帝奇，你們快看啊，四不像終於被收進卡裏了！」

三個同伴都很為布布路高興，賽琳娜提醒布布路道：「快看看四不像的各項指數！」

「對啊！」布布路一拍腦門，他光顧着高興，竟把這麼重要的事情忘了，他和四不像「心靈相通」了這麼久，還不知道四不像的體力值、防禦值和攻擊值究竟是多少呢！

布布路心潮澎湃地將閃鑽卡湊到眼前，可是，還沒等他看清上面的數值，閃鑽卡嚕地從他手中失控飛了出去，轟的一聲炸裂了，在一片金光中化作一堆碎紙屑！

賽琳娜三人目瞪口呆，四不像竟然把閃鑽卡也撕碎了！

「布魯布魯！」四不像全身的毛憤怒地倒豎着，牠齜牙咧嘴地從飄揚的碎紙屑中跳出，瞪得圓溜溜的銅鈴眼中幾乎要噴出火來，牠的血盆大口霍然張開，不由分說地朝着布布路噴出一道可怕的紫色雷光！

刺啦啦……

布布路當即被劈蒙了，焦糊的頭髮冒出股股黑煙，四不像卻還不解氣，又跳到布布路頭上一頓狂抓亂撓。

四不像的抓狂行為瞬間吸引了全場的注意，一個八卦記者失聲驚呼：「不得了，那隻醜八怪怪物把閃鑽卡撐碎了！」

所有預備生都震驚地看着布布路和四不像，連青龍的標誌性笑臉都有點歪了。

「那隻怪物的主人不是摩爾本十字基地的明星預備生嗎？」另一個記者認出了布布路，興奮地將鏡頭對準他，「這個背棺材的少年如此『不同凡響』，定然有着深厚的背景！」

糟糕！餃子三人相視一眼，一旦八卦記者開始調查，布布路「惡魔之子」的身份就會暴露，麻煩就更大了！

趁着八卦記者們還在忌憚着發威的四不像，餃子三人一擁而上，迅速將布布路和四不像拖出了訓練場……

委員長大人的關注

　　餃子三人拖着布布路和四不像，在曲曲折折的走廊裏東躲西藏，終於找到了一條隱蔽的死胡同，甩掉了跟屁蟲一般的八卦記者們。

　　布布路羨慕地看着三個同伴，餃子三人已經通過閃鑽卡互加為盟友，正在互加怪物技能，只有四不像坐在布布路的頭上，像敲鼓一樣敲打布布路的腦袋。

　　「嗚嗚嗚，為甚麼我的怪物這麼奇怪……」布布路頂着四不像，可憐巴巴地蹲在走廊角落裏，憂傷地用一根小棍棍在地上畫圈圈。

　　「你是來自摩爾本十字基地的布布路？」一個高大的人影，悄無聲息地走到布布路身後。

　　布布路循聲回過頭，不禁愣住了，餃子三人也目瞪口呆，是天乙委員長！

　　天乙似乎早已習慣了別人對自己的出現如此震驚，他溫和
地笑着對布布路說：「你剛才在擂台賽上的表現非常出色，你
的怪物也很特別，我從來沒在任何版本的《怪物圖鑒》上見過
這樣的怪物。」

　　布布路抓抓頭皮，不好意思地說：「誰都不知道牠是甚麼
怪物，我的導師給牠取名叫『四不像』。」

　　「天……天乙委員長，四不像撕碎了閃鑽卡，真是非常抱
歉。」賽琳娜緊張地上前道歉。

　　「沒關係，閃鑽卡雖然神奇，但也不是萬能的，」天乙目
光深邃地說，「所有的怪物卡都是針對 A 級以下的怪物而打造
的，而 S 級和更高級的怪物，牠們的能量峯值是人類無法測量
的，那些史詩級的怪物也不屑於待在怪物卡裏。」

　　「哇嘎嘎！」四不像趾高氣揚地仰天大笑。

　　「您的意思是，四不像是史詩級的怪物？」餃子瞠目結舌地
問。

「那倒未必，」天乙趕緊搖搖頭，笑着補充道，「有一些罕見或畸形的低級怪物，也會在特定的情況下，爆發出超越 A 級怪物的能量，從而對怪物卡造成損毀。」

「吥吥吥！」四不像氣得亂噴口水。

布布路剛剛燃起的希望火苗，被一盆冷水無情地澆熄了，四不像難道是一隻畸形怪胎？

「你不要灰心，這只是初步推測而已，」天乙饒有興趣地看着四不像說，「我想深入研究一下四不像，嘗試研製出一種能夠存放牠的改良版閃鑽卡……」

「真的？」布布路頓時來了精神，一雙眼睛閃閃發亮。

「布魯布魯！」四不像甩着耳朵，扯着嘴角，對天乙做出鄙夷的鬼臉。

天乙對四不像粗魯的挑釁毫不介意，他笑着從衣袖中取出一個小巧的麥克風，對着麥克風說：「四不像，人類並非愚鈍之輩。也許對於強大的怪物來說，人類很弱小，但正是因為人類明白自身的弱小，才有了進步的動力，最終能夠駕馭強大的怪物……」

布布路四人驚呆了，當天乙對着話筒說話時，擴音器傳出了四不像的叫聲：「布魯布魯呱呱哇哇布魯咔咔咔……」

跟四不像「交流」完，天乙輕描淡寫地向布布路四人介紹道：「這是人怪同聲翻譯機，也是科研所的小發明。」

布布路四人用崇拜的眼神看着天乙，這個人怪同聲翻譯機，絕對書寫了人類和怪物交流的新篇章，天乙居然管它叫

「小發明」？管理協會的科研所太神奇了吧！

　　天乙笑容不改，客氣地對布布路說：「科研所有專業的怪物檢測儀器，我希望你能帶四不像去接受檢測。就算最後牠還是不願意待在怪物卡裏，至少可以讓你進一步了解牠，你意下如何？」

　　「不用了！」布布路想都沒想就拒絕了，乾脆地答道，「我覺得要成為一名合格的怪物大師，要靠自己的努力去和怪物建立心靈連接，而不是依靠機器，因此我希望能通過自己來慢慢了解四不像。」

　　對於布布路的反應，餃子三人毫不意外，但他們還是緊張地看向了天乙，像天乙這樣位高權重的大人物，被一個小小的預備生斷然拒絕，應該會惱羞成怒吧？

　　想不到天乙毫無怒意，還發出了爽朗的笑聲，讚許地對布布路說：「哈哈，很好，我真是越來越喜歡你了。你的想法沒錯，不論科技如何發展，怪物和人類之間的心靈契約，始終是怪物大師最寶貴的財富。祝你和你的怪物能共同進步！」

　　說完，天乙拍了拍布布路的肩膀，轉身離開了。

　　天乙剛走遠，布布路四人就聽見一個怒意滿滿的聲音：「居然拒絕委員長的一番好意，真是不知好歹！」

這是成為怪物大師的必經之路！！！

嗨，親愛的讀者，對於怪物大師預備生們平日最愛刷的卡，你了解多少呢？現在快拿起筆，小測驗的時間到了！

怪物卡知識點小測驗

判斷題，認為正確請打✓，認為錯誤請打✗。

每一張怪物卡中只能存放一隻怪物。

(　　　)

答案在本頁底部，答對得 10 分，你答對了嗎？

解析：在本冊中提到了怪物閃鑽卡升級後多了可以使用盟友的一項怪物技能，但那只是能存儲多一項怪物技能，而非多存儲一隻怪物。

■即時話題■

布布路：哈哈哈，我向天乙委員長借來了人怪同聲翻譯機，從現在開始，就算是日常，我也可以和四不像交流了！

餃子：我覺得你最好不要高興得太早，畢竟那可是四不像……大姐頭你別這樣看我，我馬上閉嘴圍觀了！

布布路：四不像，我們來談心！

四不像：愚蠢的人類，都滾開，別煩老子睡覺！

布布路：哇哇哇，看看看，翻譯出來了……啊啊啊，四不像，你把翻譯機給劈冒煙啦！

餃子：我就說，這隻怪物不好控制嘛！

賽琳娜：餃子，你這個烏鴉嘴，住口！布布路，堅強點，也就是要賠些盧克的事，反正你已經應聘上了北之黎的最大墓地打工挖墳的活了！

布布路：唉，你們說，四神基地有需要挖墳的工人嗎？要不我去問問四女神？

餃子：千萬別，我覺得你會先被她們給埋了！

完成這個測試後，可以判定自己對於怪物卡知識點是否瞭如指掌。

測試答案就在第二十部的 243 頁，不要錯過喲！

新世界冒險奇談
第七站 STEP.07

酷炫，新招數的威力
MONSTER MASTER 20

走廊裏的「隱者」

「甚麼人？」

布布路四下張望，走廊裏只有一堵嚴嚴實實的牆壁，除了他們四個之外，再沒有半個人影。

狐疑之中，餃子暗暗將面具拉下一截，微微睜開的天目很快捕捉到空氣中的一絲絲異動，他們置身的這條走廊，並不像他們的眼睛所看到的那般真實，牆壁、屋簷、花紋……一切都暗藏玄機。

原來如此，餃子胸有成竹地閉上天目，湊到賽琳娜耳邊小聲嘟噥了幾句。

賽琳娜心領神會地點點頭，暗暗提起一口氣，走廊空氣中的水分子頃刻間活躍起來，以肉眼難以覺察的方式，悉數朝着賽琳娜掌心匯集而來。

緊接着，前方封死的牆壁裏，傳出幾聲不舒服的呻吟，牆面也悄然發生了變化，雪白的牆壁、紅色的木製鑲板、鏤空的雕花，全都有如被浸泡在水中的顏料一般，慢慢地褪去了原本的顏色……

封住走廊的牆壁消失了，原本是死胡同的走廊向前延伸開去，在那段原本看不見的走廊裏，站着青龍、白虎、朱雀和玄武，四人皆是一副因脫水而極度難受的神情。

青龍腳邊靜靜匍匐着一隻綠色的蜥蜴，蜥蜴的尾巴像蚊香圈般捲曲着。

「原來青龍的怪物是『避役』。」賽琳娜露出了

然的表情，習慣性地給滿頭問號的布布路解釋道，「『避役』是超能系怪物，其『五彩繽紛』的技能，可以改變人眼的感光能力，使物體在人眼中呈現不同的顏色，也能令無形的空氣變幻出有形的色彩圖像，從而讓人產生錯覺和誤判。」

剛才，四女神正是在「避役」的技能之下，將走廊變成了死胡同，也令四女神的身形「隱藏」了起來。

至此，布布路他們終於知道了四女神的全部怪物能力：昨天在四神基地的門口，白虎利用閃鑽卡，讓異獸之王融合了鶋火的技能，令白鶴和青蛙自爆；在第一場擂台賽上，朱雀則使用了避役的技能，讓鋼客在眾人眼中變成了焦糊色，導致杜伯安誤以為自己的怪物中招了；在第二場擂台賽上，玄武又在「言靈」中融合了異獸之王的技能，從而令擂台地面的土元素

生命化，牢牢地纏住了布布路……

再打一場！

這麼說來，四女神是故意埋伏在這裏的嗎？

餃子警惕地看向四女神：「你們四個不在訓練場組織預備生訓練閃鑽卡，跑到這兒來做甚麼？還藏起來偷聽我們和委員長的對話？」

「哦，呵呵，事情是這樣的，」青龍笑容滿面地走上前說，「俗話說，百聞不如一見。我們在報紙上看了你們四個參加隱藏任務的出色表現，對你們仰慕已久，早就想當面向你們討教一二。可惜今天上午的擂台賽結束得倉促，我們都覺得沒能目睹到你們真正的風采。不打不相識，我們是特意來找你們的，希望能通過切磋技藝，增進彼此的了解 ——」

帝奇不耐煩地打斷青龍，單刀直入地問：「就是想再跟我們打一場對吧？」

玄武幽幽地點了點頭，她的身邊，白虎已經躍躍欲試地挽起了衣袖。

　　「四對四！有膽子就開戰吧！」朱雀狂傲地說。

　　寂靜的走廊裏，吊車尾小隊和四女神的對戰開始了——

　　朱雀率先上前，目光鎖定布布路：「棺材小子，既然你沒有閃鑽卡，那我也不用怪物，我們一對一單挑吧！」

　　布布路興奮得直拍手：「好啊，好啊！」

　　朱雀也不廢話，迅捷地朝布布路攻了過來，布布路精準避開，並同時向朱雀揮出一掌。

　　啪，掌力在空氣中發出驚人的脆響，兩人的速度都快得驚人，身形變幻，化作了兩道虛影……

　　走廊的左側，白虎站在異獸之王身上，不斷向帝奇丟出一摞摞摺紙動物，那些動物在空氣中迅速變幻成猛獸，齜牙咧嘴地撲向帝奇，並在靠近帝奇的瞬間自爆成灰燼。

　　帝奇騎在巴巴里金獅背上，輕而易舉地在異獸之王和鶉火的疊加技能中穿行，遊刃有餘地對巴巴里金獅說：「巴巴里金獅，我們用獅王金剛掌疊加藤條妖妖的花粉技能。」

　　「嗷——」巴巴里金獅得令，揚起有如屋頂的巨大獅爪，一股刺鼻的花粉隨之瀰散開來。

　　白虎和異獸之王頃刻間就被花粉吞噬其中，烏煙瘴氣中，一人一怪難受地咳個不停。

　　走廊的右側，避役「製造」出了混亂的空間將餃子圍困在中央，再順勢將自己的身影也隱蔽起來。

　　餃子正想使用天眼來查探，但青龍彷彿察覺到餃子擁有超越常人的觀察力一般，通過閃鑽卡使出了本屬於玄武的「言靈」技能，輕聲說：「盲——」

　　餃子頓時眼前一黑，心中暗暗驚歎，青龍不愧是四神基地的預備生之首，洞察力不凡，但他也並不驚慌，輕輕拍拍藤條妖妖：「藤條妖妖，看你的了！」

　　「唧唧！」藤條妖妖揮舞着四條藤蔓，製造出一個巨大的水盾，水盾以餃子為圓心飛快地向外擴張，隱藏在牆壁中的青龍發出一聲慘叫，被水盾的巨大衝擊力撞飛出來……

　　走廊中央，玄武將地面和牆壁悉數生命化，賽琳娜的雙腿猶如被膠水粘住般，寸步難行。

　　不過賽琳娜心下早就有了思量，她深吸了一口氣，指揮着水精靈抖動着冰藍色的身軀，噴吐出一團巨大的水膜。

　　砰的一聲，晶瑩剔透的水膜破裂了，迸射出強勁的氣流，

赫然是巴巴里金獅的「獅王咆哮彈」。

在經過水膜的包裹和壓縮之後，獅王咆哮彈的威力比想像中大了數倍，一瞬間貫穿了整條走廊，和飄揚瀰漫的花粉、飛濺的水花交匯在一起，筆直地沖向天空，將走廊的天花板整個掀飛了！

望着在天際化作一個小黑點的天花板，八個被氣流掀翻在地的預備生心中齊齊咯噔一聲——

糟糕，他們好像鬧得動靜太大了！

罰站到天明

「胡鬧！」天乙皺着眉頭，在缺了大塊天花板的走廊裏走來走去，痛心疾首地說，「你們幾個都是預備生裏的佼佼者，居然像新人一樣私鬥，真是太讓我失望了！」

慘不忍睹的走廊裏，布布路四人和四女神渾身髒兮兮的，狼狽地排成一排，接受天乙委員長的斥責。

青龍臉上的笑容不住地抽搐，結結巴巴地解釋道：「這個……無心之過在所難免。委……委員長，我們只是想切磋一下技藝，順便測試一下閃鑽卡，不是故意……」

「我不想聽你們的解釋！」天乙嚴厲地呵斥道，「你們要切磋技藝，可以去擂台；想要測試閃鑽卡，也應該去訓練場。這麼基本的規矩難道你們不懂嗎？分明是明知故犯！立志要成為怪物大師的人，必須要有擔當，為自己犯下的錯誤承擔責任！」

到武道場裏面壁思過一個小時！」

在委員長大人的監督下，八個預備生灰溜溜地來到了武道場，一字排開地面向牆壁罰站。

雖說一個小時的時間不長，可令人難以忍受的是，那面牆壁下的地面上居然鋪滿了細長的鵝卵石，八個人按照場館負責人的要求，必須赤腳踏上鵝卵石。

人類足底的穴位眾多，痛覺細胞是最為密集和敏感的，堅硬的鵝卵石被堅實地踩在腳底，那感覺真是奇痛無比。

餃子的身體好像一條毛毛蟲一樣難受地扭來扭去，過了一會兒，他壓低聲音對其他七個人說：「天乙委員長已經離開了，這裏也沒甚麼監視設備，不如，我們換個地方吧？」

「千萬別動……」青龍急忙阻止。

但沒等青龍說完，餃子的雙腳已經離開了鵝卵石。

下一秒，鵝卵石下方傳來嘀嘀嘀三聲警報，緊接着一個提示音響起：

「有人擅自離開鵝卵石，面壁思過時間增加一個小時！」

不僅如此，鵝卵石的形狀也發生了變化，與腳底的接觸面變得更加尖細了。七個預備生齊齊發出痛楚難耐的呻吟聲。

餃子腳下的那塊地板突然彈起，角度精準地將他「拋」回了鵝卵石上，從高處以自由落體的方式掉到鵝卵石上，腳底的劇痛令餃子全身的經絡有如通了高壓電一般，瞬間發出高八度的尖叫聲。

四女神氣得恨不得用眼刀在餃子身上戳一百個窟窿，連賽

琳娜也忍不住對餃子吼道：「活該！」

幾分鐘後，餃子終於從劇痛中恢復了神志，若有所思地沉吟道：「原來這鵝卵石配有自動感應裝置，也許，我可以讓藤條妖妖代替我一下，讓我緩口氣……」

在其他七人的抗議聲中，餃子召喚出藤條妖妖……

「面壁思過者的體重數值發生變化，懲罰時間增加一個小時，並加熱鵝卵石！」

機械音再次響起，一顆顆鵝卵石開始升溫、發燙，餃子也再次被拋回了原處。

這一回，大家已經痛得沒有力氣罵餃子了，腳下又痛又燙的感覺，簡直令人生不如死。

玄武忍無可忍，指着餃子顫抖着說：「定——」

餃子的雙腳一動也不能動了，大家全都鬆了一口氣，然而下一秒，機械音又響起來：

「有人試圖偷懶，懲罰時間增加一個小時，繼續加熱！」

「我都已經被定住了，你們不要看我！」餃子一臉無辜地對着虎視眈眈的眾人叫道。

「對不起，」朱雀發出奄奄一息的哼唧，「是我站累了，不小心跪下了……」

八個預備生被這變態的鵝卵石折磨得筋疲力盡，隨着時間的流逝，不受控制的狀況頻頻發生，一會兒是布布路因為太累而睡倒了，一會兒是賽琳娜因為太痛而跺了跺腳，可怕的機械音一次次地響起，加了一小時又一小時……

　　窗外，夜幕慢慢降臨，月亮在夜空中慢慢滑過，太陽從地平線下升起，不知不覺中，八個預備生在武道場裏站了整整一夜。大家錯過了晚餐時間，又錯過早餐時間，等太陽完全升起後，八個人終於聽到了「懲罰時間結束」的救命提示音。

　　從鵝卵石上下來後，八個人的雙腳痛得發麻，燙得通紅，每邁出一步，都如同踩在刀尖上。

　　大家又累又餓，艱難地走出武道場，幾個預備生驚慌失措地跑過來，一看到青龍一行，他們就像是抓到了救命的稻草一般，焦急地報告道：「青龍會長，可算找到你們了！不好了，出大事了！」

雷鳴的四神基地
MONSTER MASTER 20

新世界冒險奇談
第八站 STEP.08

衝突，區長vs委員長
MONSTER MASTER 20

突變，奇怪的集體病症

布布路四人和四女神神情愕然地走在基地裏，到處都是一片混亂，餐廳、宿舍、訓練場和教學樓，都遊蕩着舉止異常的預備生——

他們大部分都無精打采的，耷拉着腦袋，腳步虛浮，看起來就像在夢遊，更嚴重的乾脆蜷縮在地上，拉也拉不起來，但仔細看就會發現他們的表情卻是扭曲的，口中嘀咕着莫名其妙的話語……

「好脹，好脹啊，感覺身體裏有東西在膨脹，在蠢蠢欲動，快要脹破了！」

「要出來了，它們要撕破我的身體，要毀掉這個世界……」

「甚麼東西要出來了？」布布路納悶地看着那些預備生，他們除了面色潮紅之外，看起來並沒有其他的異常。

「他們的問題好像不是出在身體上，而是……」餃子用手指了指自己的腦袋。

一夜之間，竟然有大量的預備生出現了精神失常的症狀！

在人滿為患的醫療室裏，布布路他們找到了杜伯安，他眼神渙散，乾裂的嘴脣哆嗦着，喘着粗氣說道：「愚蠢的人類，還在自鳴得意，它們已經在暗地裏準備就緒，隨時會撕爛你們弱小的軀殼，碾壓你們可笑的文明，啊！它們就在這裏，就在我的身體裏，沒有人能阻止它們，沒有！」

說着說着，杜伯安暈了過去。

四女神看了看其他預備生，發現其他人也是類似的狀況。醫療室的醫生們顯然忙活了一夜，全都滿頭大汗。

青龍收起笑容，神情凝重地問：「醫生，這是怎麼回事？」

一名年長的醫生氣喘吁吁地回道：「從昨天晚上開始，陸續有預備生出現精神失常的症狀，我們仔細做了檢查，他們的各項身體指標均正常，並且不存在傳染性……但是，一開始還僅僅是幾名發病者，後來情況就越來越失控了，現在醫療室已經住不下了，可發病者還在增多。這……這實在是太奇怪了！」

「我們該怎麼辦啊？」朱雀面帶焦慮地詢問青龍。

青龍正凝眉思索，天乙的聲音從醫療室門口傳了過來——

「我們先將所有沒發病的預備生召集起來，白虎，你帶一隊人，把大禮堂佈置為隔離區；朱雀，你帶人將所有發病的預備生都轉移到隔離區，集中照管；玄武，你負責隔離區的保衛工作，不要讓閒雜人等亂入；青龍，你帶其餘人清理打掃基地，進行消毒，並維持日常事務的運作。」

說到這裏，天乙看了看布布路四人，猶豫了幾秒才說：「現在四神基地裏人手不足，請你們四個幫忙將所有八卦記者都集中到禮堂外的小會客廳，一來防止他們在混亂中受傷，二來也要防止他們趁機捏造莫須有的新聞。稍後我將到小會客廳親自接受他們的提問。」

聽到天乙沉着的聲音，青龍四人如同打了一針鎮靜劑，立即行動起來。布布路四人也積極地參與其中，在大夥兒齊心協力的努力下，基地內的混亂局面終於漸漸平息下來。

但是好景不長，不知哪家八卦雜誌的記者得到消息，天乙正在大禮堂裏查看發病的預備生，於是無數記者們高舉着設備往禮堂門口湧去。負責安頓記者的布布路四人猝不及防，加上礙於自己「明星預備生」的敏感身份，此時似乎不便召喚出怪物來應付這些記者，躊躇間，場面再次失控了。面對此情此景，餃子不由得發出感慨：「我們經歷過這麼多戰鬥，竟然敗在了八卦記者的手上！」

眨眼間，記者們便蜂擁進了禮堂裏，他們一見到天乙，便

爭先恐後地發出質疑：

「預備生怎麼會集體爆發精神失常症呢？」

「這次病症因何而起，會不會繼續擴散？現在隔離區是甚麼情況？」

「為甚麼剛才要把我們隔離起來，憑甚麼不讓我們自由拍攝？」

「請大家少安毋躁，聽我說。」天乙優雅地平舉起雙手，態度誠摯地對記者們說，「對於這次的突發狀況，我深表遺憾。目前，我們已經及時穩住了局面，並第一時間通知了管理協會的精英醫療班，他們正往這兒趕。因為病症的發作很突然，為保證各位的安全，請各位離開隔離區，等精英醫療班趕到後，我一定第一時間將診斷報告公佈給大家！」

天乙德高望重，氣場強大無比，當他沉着而有力的話音響起，現場終於平靜下來。

「恐怕精英醫療班根本解決不了這次事件吧？」寂靜中，

彌特區長魁梧威猛的身形出現在眾人面前，他粗獷的嗓門和氣勢洶洶的架勢，一下子就成為全場的焦點。彌特徑直走向天乙，振振有詞地說：「天乙委員長您沒注意到嗎？這次發病的預備生有一個共同點，他們全都是參與了怪物閃鑽卡內測的用戶！」

大人物的對峙

「這是科研所一名怪物閃鑽卡試用者精神失常的調查報告，」彌特從口袋裏掏出一沓寫得密密麻麻的紙，面向各位八卦記者展開，冷聲說，「在這份報告中提到，這名試用者患有先天性精神疾病，但是經過我的深入調查，根本就沒有任何部門對該名試用者的精神疾病做出過診斷，這名試用者也從未在任何機構治療過精神方面的疾病。所以我認為，這份報告是偽造的，使用閃鑽卡會導致使用者精神失常！」

　　弭特話音落下，現場一片譁然，大家互相看看，發現所有發生精神失常症狀的預備生，確實都是怪物閃鑽卡的內測用戶，難道這奇怪的病症真的跟怪物閃鑽卡有關？

　　面對失控的場面和眾人的質疑，天乙鎮靜地說道：「這裏的預備生需要安心靜養，不方便驚擾，請大家隨我至會客室，我將盡我所能給大家做出解釋。」說完，他便走出了隔離區，眾八卦記者見狀，也跟隨其後，混亂的局面終於稍稍緩和下來。

　　到了會客室，天乙先行回應了弭特的聲討：「弭特區長，身為閃鑽卡項目的負責人，在管理協會調查試用者精神失常事故時，我是全程避嫌的，您若是懷疑這份報告有作假的嫌疑，應該去找管理協會的事故調查特派員求證。而且，如果閃鑽卡有問題，首當其衝的應該是存儲在內的怪物，而不是持卡者，您對閃鑽卡和我本人的看法，我不敢苟同！」

　　「哈哈哈，天乙委員長，您真是巧舌如簧，但是您這套說辭只能騙騙外行人，休想騙過我！」弭特大笑幾聲，冷峻地說道，「確實，普通的怪物卡若是存在安全隱患，首先受到影響的會是怪物。但是閃鑽卡和普通的怪物卡不一樣，閃鑽卡的使用者不僅要和自己的怪物進行精神同調，還要調取盟友的怪物技能，也就是說，他們要使用更多的精神力，才能完成一次疊加技能，而這種精神上的加倍負荷已經超出了人體極限。這是我昨天在訓練場拍下的照片——」

　　弭特一邊將照片展示給眾人看，一邊言辭犀利地說：「大家看，照片中這幾名預備生，他們在昨天的訓練中是最為刻苦

的，也是練習過最多次疊加技能的。但是，他們不僅是昨夜第一批精神失常的預備生，也是症狀最嚴重的！顯而易見，閃鑽卡的使用程度越高，對使用者的精神傷害也就越大！天乙委員長，您不遺餘力地急於推廣存在安全隱患的閃鑽卡，究竟居心何在？」

現場一片寂靜，所有人都充滿懷疑地看向天乙。

天乙正顏厲色地回擊道：「弭特區長，我也很費解，早在閃鑽卡的研發過程中，您就一直處心積慮地阻撓，千方百計不想讓這樣偉大的發明問世，您又居心何在？目前預備生們發病的原因尚不明確，您就這樣言之鑿鑿地要加罪於我，是不是太過武斷？我現在不想回應您的質疑，一切等到精英醫療班做出診斷之後，再做定奪！」

「您這不過是在拖延時間！」弭特咄咄逼人地說，「我有理由相信，您將那些發病的預備生集中在隔離區裏是有目的的，說不定，您正讓手下在隔離區裏消滅甚麼不能見光的罪證！」

「你……」面對咄咄逼人的弭特，天乙不禁有些惱火。

兩個大人物就這樣你一言我一語陷入了僵持，其他人都不敢插話，四周彷彿隨時要噴發的火山一般瀰散着令人窒息的氣息。

這時，小會客廳的大門再次打開了。

四女神走了進來，她們身後跟着一大羣預備生，這些預備生一個個紅光滿面，充滿活力。

看到這情景，弭特和八卦記者們都愣住了，天乙也有些

錯愕，布布路四人更是傻眼了！這不是精神失常的那些預備生嗎？包括杜伯安和其他被弭特拍進照片中的那些預備生，他們好像都恢復正常了！

青龍的臉上掛着標誌性的笑容，信步走到天乙身邊，用所有人都聽得到的聲音匯報道：「大家不必緊張，委員長，預備生的病情已經好轉了，剛才醫生們給他們做過檢查，他們的各項身體指數都很正常。」

「豈止是正常，」杜伯安興奮地接話，中氣十足地說，「我感覺比之前更有力量了！」

「太好了，」天乙的面色恢復了平靜，扭頭似笑非笑地問弭特，「弭特區長，現在您的顧慮消除了嗎？」

「怎麼會這樣？」弭特難以置信地看着那些生龍活虎的預備生，不甘心地對天乙說，「這麼大規模的突發精神失常，怎麼會這麼快就好了？這裏面一定還有黑幕，我會繼續調查下去的！」

天乙微微一笑，一字一頓地說：「歡迎弭特區長繼續監督閃鑽卡的推廣。」

弭特憤然離開，天乙也微笑着退場，八卦記者們戀戀不捨地將鏡頭從兩位大人物身上收回，轉而對準了剛剛痊癒的預備生們，七嘴八舌地打探起有關怪物閃鑽卡和精神失常的問題。

布布路四人也好奇地圍住杜伯安，想要問問這到底是怎麼回事。

可還沒等那些預備生開口作答，突然陣陣濃郁的香味從餐

廳的方向飄了過來。聞到香味，剛剛痊癒的預備生們一個個頓時兩眼發亮，拔腿就朝餐廳狂奔而去……

暴漲的食量

四神基地的餐廳裏，布布路四人和四女神呆若木雞地站成一排，舉着攝像機的八卦記者們也全都目瞪口呆 ——

一張張餐桌前，剛剛痊癒的預備生們風捲殘雲般將食物一掃而空，還激動地拍着桌子大喊：「好餓，還要吃！」

朱雀不得不臨時架起巨大的鐵鍋，讓鶉火迅速加熱更多的食物。一想到朱雀的廚藝，布布路他們就直皺眉頭，可那些預備生卻一個個狼吞虎嚥，彷彿入口的是瓊漿玉露。

連四不像都從棺材裏探出頭來，發出幾聲彷彿是崇敬的怪叫聲。

布布路看着杜伯安，後者正以一口一個的速度吞下碗口大的包子，布布路忍不住喉嚨發癢地問：「杜伯安，你不嚼一下嗎？不會噎着嗎？」

「放心！我感覺非常好，彷彿全身都充滿了用不完的力量！吃下的食物似乎能迅速轉化成能量，我甚至能感覺到這些能量在血脈中遊走，即將破體而出！」杜伯安的眼眸閃閃發亮，激動地握着拳頭對布布路說，「吃完飯後，我們到訓練場去切磋一下！」

「好啊！」布布路點頭答應。

　　餃子三人和四女神狐疑地對視着，這些預備生不過是精神失常了一夜而已，怎麼會餓成這個樣子？他們真的痊癒了嗎？

　　短短數分鐘，預備生們便將食物掃蕩一空，一個個精神抖擻地站起身，揮拳抖腿地湧向訓練場，迫不及待地掏出閃鑽卡，召喚出怪物開始訓練。瞧他們的架勢，就好像恨不得馬上把全身的力量施展出來。

　　杜伯安摩拳擦掌地呼喊道：「布布路，我們開始吧！」鋼客應聲舉起了長矛，似乎感受到了主人的心意。

　　布布路也立馬來了精神，甩出金盾棺材蓄勢待發。

　　杜伯安舉着閃鑽卡，不斷地示意鋼客使用疊加技能向布布路發起猛烈的攻擊，布布路也當仁不讓，見招拆招，雙方你來我往，掀起巨大的氣浪。

　　八卦記者們紛紛將鏡頭對準布布路，慨歎着明星預備生的驚人速度和力量。

　　而餃子三人卻更關注杜伯安，賽琳娜納悶地說：「杜伯安的能力，好像比之前在擂台上強了數倍啊！」

　　「這還不是最奇怪的地方，杜伯安在和布布路對戰的同時，還在不斷地向他的盟友分享怪物技能，」青龍也注意到了杜伯安的反常之處，插話道，「你們有所不知，在使用閃鑽卡向盟友分享怪物技能的時候，每次分享的最低限度為怪物自身體能的 10%，最高限度則為 90%，也就是說，如果每次給盟友分享 10% 的體力值，一隻怪物最多分享十次，自身的體力值就耗盡了，必須回到怪物卡中休養生息。在體力值劇烈耗盡

後，怪物要重新恢復成滿點狀態，短則需要一天，長則需要一個星期，甚至更久的時間，而杜伯安……」

餃子三人和四女神驚訝地看向杜伯安，他已經連續向他的盟友分享了十次以上的怪物技能，按理說，鋼客早就應該因體力值耗盡而回到怪物卡中休養了，而此時卻越戰越勇，不斷向布布路發起更猛烈的進攻！

朱雀狐疑地說：「難道杜伯安之前在跟我對戰的時候，隱藏了實力？」

「不，不僅是杜伯安，」帝奇目光銳利地掃視着整座訓練場，沉聲道，「就在短短數分鐘內，幾乎所有剛剛痊癒的預備生的狀態都類似。」

「這不可能！」白虎看向幾個熟悉的四神基地的預備生，難以置信地說，「這些預備生的怪物並沒有快速痊癒的能力……」

正當七個人疑竇叢生的時候，轟的一聲巨響傳來，訓練場的牆壁被撞出一個巨大的人形窟窿，一個高大健壯的預備生從窟窿裏爬出來，顯然，那人形窟窿就是被他撞出來的。始作俑者則是一隻被稱為露姬兔的怪物，露姬兔的必殺技「旋兔飛踢」受到氣元素的加持，威力十足，就算是訓練有素的怪物大師精英，被踢上一腳也會元氣大傷。

可是，受到這麼大的衝擊力，這名預備生居然毫髮無損，反而還興奮地抖動着有如鎧甲般的肌肉，更加勇猛地朝露姬兔暴衝過去，引得八卦記者們發出陣陣驚恐的尖叫。

餃子他們則敏銳地注意到，在不斷發起衝鋒的過程中，

那名預備生的體格似乎變得更加高大了，肌肉也變得更加發達了，隆起的肌肉上青筋暴起，令人心驚膽戰。

疑問像滾雪團一般，越來越大了，餃子若有所思地摸着下巴沉吟道：「難道閃鑽卡還有甚麼不為人知的功能，不僅能提升怪物的能力，連持卡人的身體素質都能得到提升？」

「胡說八道，那我們怎麼沒變化呢？」朱雀氣鼓鼓地質問道。

「這位小姐姐，你怎麼知道自己身上沒有發生變化呢？也許變化並沒有在表面上體現出來呢？」餃子不服氣地反問。

兩人怒目而視，互不相讓。

這時，四神基地的廣播響了起來，打破了兩人間緊張的氣氛——

「怪物大師管理協會的精英醫療班已經抵達四神基地，請全體預備生到醫療室集合，接受檢查。」

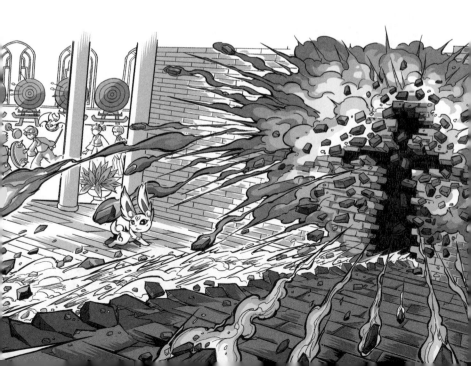

怪物卡知識點小測驗

判斷題，認為正確請打✓，認為錯誤請打✗。

Q04 被召喚到藍星的怪物只能停留在怪物卡中。

（　　　）

答案在本頁底部，答對得 10 分，你答對了嗎？

解析：怪物卡並非是怪物的唯一載體，比如黃泉的怪物般若鬼王就寄宿在黃泉的半邊骷髏眼之中，林德的怪物毛鞠禪則是寄宿在林德的瀏海上。

■即時話題■

布布路：我沒有使用過怪物閃鑽卡，應該不需要接受檢查吧？

餃子：布布路，你這就不聰明了。你在北之黎自己找診所體檢，得花一百盧克，現在等於有免費體檢，多好的事啊！

朱雀：你們摩爾本十字基地出來的人也太摳門了吧！甚麼便宜都要佔！

餃子：哪有？小姐姐，你誤會了，這叫節儉。你們四神基地明明還倡導節儉是美德呢！

朱雀：哼，狡辯！還有，誰讓你叫我小姐姐了？不許這麼叫！

餃子：嗯……那叫朱雀妹子？朱雀姑娘？小朱雀？

朱雀：都不許叫！從現在開始你給我滾遠點！

餃子：好吧，小朱朱，這麼遠可以了嗎？

朱雀：信不信我揍……好了，玄武，你別看我了，我和你走可以了吧！

餃子：來來來，布布路，你看四女神都默認同意了，咱們排這裏！

完成這個測試後，可以判定自己對於怪物卡知識點是否瞭如指掌。
測試答案就在第二十部的 243 頁，不要錯過喲！

這是成為怪物大師的必經之路！！！

你了解多少呢？現在快拿起筆，小測驗的時間到了！

嗨，親愛的讀者，對於怪物大師預備生們平日最愛刷的卡，

MONSTER MASTER

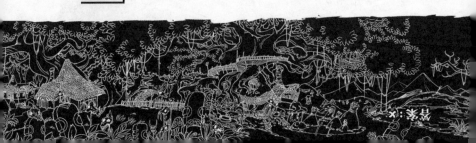

✗：案答

雷鳴的四神基地
MONSTER MASTER 20

新世界冒險奇談
第九站 STEP.09

異態迭起
MONSTER MASTER 20

飢餓的「筋肉預備生」

　　醫療室門前的小廣場上，排起了兩條蜿蜒曲折的長龍，四神基地和其他各個基地受邀而來的預備生，全都排在隊伍裏，等待接受精英醫療班的檢查。

　　為了不干擾醫療班的工作，四神基地內的八卦記者們已經悉數撤離出去了。

　　布布路他們跟四女神一起打掃了訓練場，於是去晚了，只能乖乖地排在隊尾。

「好香啊！」一站進隊伍，布布路就不由自主地流出口水。

長長的等候隊伍裏香味四溢，幾名預備生似乎還沒吃飽，你爭我搶地吃着從餐廳帶出來的食物。

另一些預備生看着他們吃東西，也開始捂着肚子，哀號道：「餓……肚子好餓啊！」

「他們不是剛吃過飯嗎？怎麼又餓了？」賽琳娜驚訝地說，四女神也是滿臉愕然。

這時，隊伍前方出現了陣陣騷動，布布路像猴子一樣爬到一旁的石柱上向前張望，只見醫療所的大門不知何時關閉了，被隔在外面的預備生們似乎正在拍門抗議，但緊閉的大門紋絲不動。

「是不是出甚麼事了？」朱雀警覺地說。

四女神撥開排隊的人流，想要上前去一探究竟。

然而她們還沒走出幾步，腳下忽然震動起來，一陣震耳欲聾的巨響從醫療室的方向傳了過來：

轟隆隆——

塵土四起、碎石橫飛，醫療室的屋頂猛地炸裂了，一顆顆足有臉盆那麼大的人頭有如雨後春筍般，從炸開的屋頂下冒了出來。

「哇啊啊啊！」那些從屋頂下鑽出來的人，頭頸上佈滿精壯的肌肉，一根根蚯蚓般粗大的青筋從肌肉下暴起，看起來兇神惡煞。這些巨型人頭彷彿要把整座醫療所給撕裂開來，整座建築都岌岌可危地晃動着。

　　排在隊伍前頭的預備生們驚慌失措地向後退，後面的預備生們來不及撤退，像多米諾骨牌一樣一排排地被壓倒在地，慘叫連連。

　　而醫療室的屋頂上，還不斷地有新的人頭破「頂」而出，發出令人毛骨悚然的仰天長嘯。

　　「你們看，那不是杜伯安嗎？還有其他剛剛痊癒的預備生！他們的頭變得好大啊！」布布路眼力驚人，從那些可怕的巨大頭顱裏，認出了膨脹得變形的杜伯安的臉和幾個被弭特拍在照片裏的預備生！

　　「不！不只是頭變大……」賽琳娜膽戰心驚地看着那些預備生如同撕紙般徒手撕爛屋頂，從醫療所裏爬了出來。

　　大家這才驚覺，這些預備生不只是頭變大了，而是整個身體都變得壯碩了，他們足有三四米高，全身的肌肉和經絡驚人地膨脹了數倍，寬大厚重的肩背勝過黑熊！

　　這些化身為「巨型筋肉人」的預備生全身上下透露出兇悍荒蠻的氣息，短短幾分鐘就把醫療所的半邊踏平了，那一雙雙血紅的眼睛裏，閃動着似曾相識的光芒。

　　「不對勁，他們的眼神看起來……好像很餓……」餃子心裏咯噔一聲，那些「巨型筋肉人」看過來的目光，像是餓了三天三夜的狼！

　　怎麼會這樣？

　　在眾人難以置信的抽氣聲中，一個「巨型筋肉人」已經動作迅猛地撲進了人羣，張開大嘴朝一個嚇呆的預備生咬了過

去。

「媽呀，咬人啦！」人羣裏驚恐地號叫起來。

餃子眼疾手快地召喚出藤條妖妖，凌空甩出藤鞭，纏住了那個預備生的手腳，將他拖出了「巨型筋肉人」的魔爪。

賽琳娜也沒閒着，水精靈製造出一面水牆，把可怕的「巨型筋肉人」全都隔離在另一邊。

可是局面並沒有被控制住，小廣場再度爆發出陣陣尖叫，擁擠在一起的預備生中，陸續又有人渾身的筋肉膨脹，變異成可怕的「巨型筋肉人」！

熙熙攘攘的小廣場如同沸騰的水面，不斷有預備生從人羣中暴脹起身體，他們狂躁地嘶吼着，像發瘋的野獸一樣抓着身邊的人又咬又啃，受驚的預備生們嘶喊着逃命，而那喊叫聲，似乎又將「巨型筋肉人」刺激得更加狂躁亢奮。

膨脹，撕咬，尖叫，逃命⋯⋯小廣場瞬間哀聲遍地，淪為毫無文明和秩序的野獸叢林⋯⋯

聯手四女神

「怎麼會變成這樣！」青龍面色鐵青，白虎、朱雀和玄武也被眼前的景象驚住了。

「也許真的是閃鑽卡出了問題！你們看 ——」帝奇目光犀利地掃向幾個「巨型筋肉人」，隨着他們體格和力量的暴增，他們手中閃鑽卡上的怪物體力值卻驟跌，沒一會兒工夫就直降為零，彷彿是被主人吸走了能量。

「難道真的如彌特所言，閃鑽卡出問題了？不僅影響了這些預備生的精神狀況，還進一步影響了他們的身體，令他們發生了變異？」賽琳娜不安地推測。

「我們得趕緊控制住局面！」青龍發話了，朱雀、玄武和白虎立刻行動起來 ——

玄武用言靈的技能控制住他們的行動；朱雀使出鶉火的技

能，讓他們體溫升高，行動變得遲緩，以便伺機救出被抓住的正常預備生；白虎扔出各種各樣由摺紙變成的怪物將他們團團圍住；而青龍則使用避役的技能一邊保護着基地的古建築，一邊為更多人營造逃生的時間。四女神配合默契，順利地為那些命懸一線的預備生贏得了生機。

然而變異的預備生實在太多了，行動間，她們身後四五個預備生也化身成了「巨型筋肉人」，咆哮着從身後襲來。

「糟糕！」等四女神反應過來，她們的怪物技能已經施展出去，想為自己脫困已經來不及了。

危急關頭，一聲威武的獅吼響起——

「嗷——」巨大的氣流頃刻間將撲上來的「巨型筋肉人」沖開數米，讓他們四仰八叉地躺倒在地。

看到巴巴里金獅火焰般燃燒的鬃毛後帝奇面無表情的臉，四女神這才意識到是他救了她們。朱雀和白虎對視一眼，想不

到根本沒使用疊加技能，這頭金獅的實力就已經如此強悍了！

　　而玄武的目光被不遠處的布布路吸引了，他手持着金盾棺材，像抄着一塊磚頭一般輕鬆地一揮，三個「巨型筋肉人」應聲被砸翻在地。

　　「布魯布魯！」四不像被顛簸得有些心煩，正愁找不到人撒氣，一見那三個「筋肉預備生」倒地，立刻張開大口，轟地補上一記十字落雷。

　　刺啦啦——

　　紫色的電光沿着金盾棺材向四面傳導過去，在布布路和圍攻上來的其他「巨型筋肉人」身上遊走，布布路被電習慣了，

自然沒事，那幾個「巨型筋肉人」卻被電得翻着白眼昏厥過去。

但跟整個廣場的情況相比，這點抵抗根本就算不上甚麼。變異的預備生還在不斷增加，一些被啃咬過的預備生也加入了傷人的行列⋯⋯

青龍面無血色，祖先留下的這座古老建築裏一片鬼哭狼嚎。那些「巨型筋肉人」鼻孔擴張，猛烈地吸着空氣，耳朵也誇張地向兩邊豎起，行為和舉止越來越像發狂的野獸。他們的力量大得驚人，輕而易舉地就將地面踩踏出一個個大坑，小廣場上的廊柱和雕像，也被他們搗成碎屑。

而那些沒有變異的預備生，全都嚇壞了，連滾帶爬地在廣場上亂跑着，有一些預備生試圖召喚怪物迎戰，卻因為慌亂而頻頻出錯，反將廣場的幾個出口炸得稀巴爛。

「東南角那邊的出口堵得不太嚴重，我們儘快疏通開！」賽琳娜話音落下，布布路、帝奇和餃子三人毫不遲疑地朝東南角衝了過去，布布路和餃子負責擊退張牙舞爪圍上來的「巨型筋肉人」，帝奇和巴巴里金獅迅速將堵住出口的碎石和爛瓦清理乾淨，賽琳娜則指揮着附近的預備生撤離。

在布布路四人的行動的提醒下，四女神如夢初醒，青龍深吸一口氣，大聲下達指令：「廣場上的預備生們聽着，大家不要慌，要儘量集中起來，和同伴並肩作戰，從東南角的出口撤出廣場！」

聽到青龍的呼喊，廣場上如同一盤散沙的預備生們也漸漸平靜下來，儘量和身邊的人結伴，在怪物的協助下，互相掩護

着開始撤退……

陰雲籠罩四神基地

當預備生們漸漸疏散後，青龍卻帶着其他三女神逆行向着醫療所而去。

原來自從小廣場陷入混亂後，就一直有許多「巨型筋肉人」像嗜血的蚊蟲一般，圍着醫療室的一角打轉，那裏正是醫生的辦公室，天乙委員長和精英醫療班還被困在裏面！

此刻，缺乏食物的「巨型筋肉人」惡狠狠地把醫療室圍了起來，用有如鐵塊般的身體又砸又撞，所幸醫療室的那一角似乎異常堅硬，彷彿被甚麼力量保護着。

一部分「巨型筋肉人」注意到了自投羅網的四女神，瞬間亢奮起來，他們的口中流出一道道涎水，齜牙咧嘴地朝着她們撕咬上來。

他們恨不得立刻就把四女神吞下肚，而四女神卻不能傷害他們的性命，畢竟他們都是來自各個基地的預備生。因為不能全力戰鬥，幾人備感吃力。

看着四女神瘦弱的身軀和毫不示弱的表情，本來跟她們相對立的布布路四人不由得產生一種惺惺相惜之感，也毫不猶豫地轉身加入戰鬥。就在八個預備生陷入苦戰之時，醫療室緊閉的大門突然從裏面轟然打開，巨大的推力將幾個站在門口的「巨型筋肉人」撞飛。

是天乙，他帶領着精英醫療班從醫療室裏突圍出來了！他們根本沒有召喚怪物，只是靠着驚人的力量和技巧，便擊倒了一大片「巨型筋肉人」。

布布路他們這才後知後覺地意識到，天乙和這些精英醫療怪物大師的實力，實在是高不可測。

醫療室敞開的大門裏，其中幾個醫生竟然還在工作，可見布布路他們疏散預備生時，天乙委員長和精英醫療班也沒閒着，他們正按部就班地對變異預備生進行血液樣本分析。

另一邊，弭特區長也帶着手下的怪物大師精英趕來了，他們也迅速加入了戰鬥。

小廣場上瞬間成了怪物大師精英們的舞台。他們召喚出各種強大的 A 級怪物，施展出精英級別的怪物技能，以風馳電掣般的速度，速戰速決地迎戰「巨型筋肉人」，一時間，小廣場上空風起雲湧，一會兒電閃雷鳴，一會兒飛沙走石，令人眼花繚亂，目不暇接……

布布路他們完全插不上手，只能化身成觀眾，欣賞精英高手們神勇的身姿，很快，所有的「巨型筋肉人」都被結結實實地捆了起來。

看着滿目瘡痍的小廣場和化為廢墟的醫療室，四女神的心情沉重極了，身為「四靈士」的後代，四神基地就是四女神的家園，是她們祖輩生活和成就偉業的地方，她們都肩負着重振四神基地的使命，可是，明明一切才剛剛開始，卻陡然陷入了無底的深淵……

新世界冒險奇談
第十站 STEP.10

大醜聞，委員長引咎辭職
MONSTER MASTER 20

疑雲重重

　　面對四神基地的混亂局面，原本心存芥蒂的天乙和弳特攜手合作起來，怪物大師精英們在最短時間內平息了「巨型筋肉人」風波，所有的變異預備生被五花大綁。精英醫療班的怪物大師們施展出醫療系的怪物技能，對他們進行了催眠和麻醉，並運送到四神基地的訓練場進行隔離診治。

　　包括布布路四人和四女神在內，從小廣場疏散出來的預備生們也被集中起來，一名醫療班的怪物大師精英舉着擴音器對

驚魂未定的預備生們喊話道：「在調查出『變異』的原因之前，醫療班將對各位進行隔離觀察，請大家配合我們的工作，交出手中的怪物閃鑽卡！」

一想到「巨型筋肉人」的變異極有可能是閃鑽卡造成的，預備生們頓覺閃鑽卡如同燙手山芋一般，立刻讓自己的怪物離開閃鑽卡，回到之前的普通怪物卡裏。因此，精英醫療班收取閃鑽卡的過程十分順利。

預備生們雖然不太情願被隔離觀察，但在面對大規模爆發的不明疫情時，精英醫療班的話就是不容置疑的軍令，連天乙和弭特都沒有權力違抗。

四女神在精英醫療班的要求下，指引預備生們排成長龍，浩浩蕩蕩地進入了被劃為隔離觀察點的預備生宿舍樓。

布布路四人被分配到一樓東翼的一間宿舍裏，四女神則被分到西翼的另一間宿舍。

進入宿舍後，布布路四人鬆了口氣的同時迫不及待地討論起來。

賽琳娜緊張地看着怪物卡中水精靈的各項能量值，忐忑不安地說：「我們昨天也使用了閃鑽卡的疊加技能，會不會也發生變異，吸走水精靈的能量？」

「大姐頭，我覺得你不必過於擔心，這次變異究竟是不是閃鑽卡造成的，目前還沒有定論……」餃子的狐狸面具後，眼中精光一閃，老謀深算地分析道，「大家不妨設想一下，天乙委員長位高權重，以他的經驗和智謀，如果他知道閃鑽卡真的存

在如此嚴重的安全隱患，他怎麼會如此興師動眾地進行推廣？那不是自己往火坑裏跳嗎？所以他定然對閃鑽卡的安全性有着十足的把握。而且在大規模推廣之前，四女神已經使用閃鑽卡很長時間了，還以此擊敗了不少挑戰者，她們都沒有出現任何問題，為甚麼偏偏在公開進行推廣的時候發生這麼嚴重的意外呢？」

「天乙委員長說過，從閃鑽卡的研發階段開始，強特區長就不斷加以阻撓，」帝奇目光銳利地補充道，「這次的推廣計劃經過周密的安排和保密工作，受邀前來四神基地的人事先都不知情，強特區長卻帶着閃鑽卡存在安全隱患的證據不請自來，這裏面肯定有內幕。」

「哇，原來這麼複雜啊！」布布路張大嘴巴，驚訝地看着餃子和帝奇，「你們居然能發現這麼多疑點，好聰明啊！」

餃子和帝奇無奈地看着四肢發達、頭腦簡單的布布路，重重地歎了口氣。

這時，房間內的廣播喇叭裏，傳出強特區長粗獷而渾厚的聲音——

「今日四神基地裏發生了可怕的災禍，造成了不可估量的損失和惡劣影響，這一切都是由於閃鑽卡的強行推廣，負責此事的天乙委員長難辭其咎。我已經接到了怪物大師管理協會下達的批文，立即將天乙委員長拘押調查！」

四個預備生大吃一驚，管理協會居然下令將三大委員長之一的天乙拘押了！這樣的重量級大人物被公開拘押，可是史無

前例的大新聞！

「我總覺得這些變異的預備生說不定只是開端而已，弄不好事情將朝着更糟的方向發展……」餃子心中隱隱生出一種不好的預感。

所有的變故都來得太快，又步步為營般地將禍根指向怪物閃鑽卡，甚至還沒徹查清楚，他們就急着把天乙委員長拘押了，難保其中不會有甚麼陰謀……賽琳娜和帝奇也認同地點點頭。

砰砰砰！

突然，一陣急促的拍門聲打斷了幾人的思緒。

堅固的門板轟的一聲被撞得四分五裂，兩個預備生隨着破裂的門板一起摔了進來！

失控的宿舍樓

他們是藍盾基地的兩個預備生，布布路記得曾在杜伯安身邊見過他們，此時兩人看起來面色赤紅，汗如雨下，表情十分不安。

「你們怎麼了？流了好多汗，沒事吧？」賽琳娜關切地問。

「啊啊……難受……好難受啊……」

「好像有一股巨大的力量在體內橫衝直撞……哇啊啊，就要衝破我的身體了……」

兩人雙手緊抓胸口，低頭弓背，像野獸一般匍匐在地，手

在地上到處亂抓着，求救般地看向布布路他們。

布布路趕緊衝過去，正想將他們從地上扶起來，兩人手上的指節突然嘎嘎錯動起來，渾身的骨骼迅速增長，身上的肌肉以肉眼可見的速度隆起，眨眼的工夫，體形就暴增了一倍，連衣服都被撐破了。

「餓……好餓啊！食物，美味的食物，我要把你們統統吃光！」他們面目猙獰地張開血盆大口，雙眼通紅地朝布布路撲上來。

「小心！」帝奇迅速出腳，將布布路踹開。

「哎喲！」布布路雖然摔了個臉啃地，但也及時避開了兩人的攻擊。

然而這兩個預備生並沒有停下，他們又兇神惡煞般地朝着賽琳娜和餃子撲來……

顯然，他們正在變異！

餃子三人心頭警鈴大作，藍盾基地的這兩個預備生進宿舍樓的時候還好好的，而隔離前所有預備生都上交了閃鑽卡，也就是說，即便不再使用閃鑽卡，變異還是會繼續發生！

「不知道宿舍樓裏的其他預備生怎麼樣了……」賽琳娜擔憂的話音還沒落下，就聽走廊裏傳出陣陣淒厲的咆哮聲，還有巨大的轟鳴聲。

帝奇三下五除二地用蛛絲將房間內藍盾基地的兩個預備生捆了個結結實實。

四人不敢耽擱，衝出了房間。走廊裏已經亂成了一鍋粥，

四處都是碎裂的大門，一個個變異中的預備生正憤怒地四下衝撞，他們眼睛裏閃爍着飢餓的光芒，逢人便咬，尚未發生變異的預備生被追得四下奔逃，而在奔逃的過程中，又不斷有預備生的身體膨脹起來，加入「巨型筋肉人」的行列……整棟宿舍樓裏慘叫聲迭起，烏煙瘴氣。

「不好，這棟宿舍樓守不住了，我們得趕緊離開！」餃子急聲對三個同伴說。

四個預備生帶着四隻怪物各施其技，準備穿過被「巨型筋肉人」封堵住的走廊，衝向宿舍樓大門。這時，四個眼熟的身影帶着怪物從走廊的西翼迎面而來，是四女神！她們四個全都氣喘吁吁，顯然也是好不容易才擺脫了「巨型筋肉人」的撲咬。

「千萬別踏出宿舍樓半步！」白虎攔住布布路他們，發號施

令般道,「我們剛才檢查過了,弨特區長已經用高濃度的毒酸陣把宿舍樓包住了,如果貿然衝出去,就算不化成森森白骨,也絕對毀容!」

「變異還沒有被完全控制住,弨特區長就把我們這些預備生全都當成潛在危險隔離,根本沒顧及我們的安危!」賽琳娜頓時火冒三丈。

「老實說,我們並不十分信任弨特區長,所以打算利用暗道出去尋求救援。」青龍看起來倒是頗為鎮定,似乎早有計劃。

在青龍的示意下,朱雀和玄武衝進布布路他們的房間,掀掉已經朽爛成一堆木頭的牀板,只見一道暗門嵌在地板之下,朱雀雙手用力一推,露出一條黑漆漆通往地下的暗道。

「快,跟我們走!」四女神動作迅速地走入暗道。

而她們的身後，兩個藍盾基地的預備生已經掙脫了蛛絲，搖搖晃晃地從地上爬了起來。

布布路四人不敢久留，一口氣衝進了暗道。

青龍轉動了門內牆壁上的一個旋鈕，暗門關上的同時，內部轟然升起一塊千金黑鐵玄石，將暗門另一側的聲音全部阻隔了。

餃子三人注意到，在那塊漆黑厚重的封門石背面，刻着一個符號，因為年代久遠，符號的邊緣有些模糊不清，但依稀能看出，那似乎是一個鼎的形狀。

可疑的既得利益者

封門石升起後，玄武不動聲色地召喚出了怪物龍馬。

玄武的指尖在龍馬的龜背上輕輕一點，一片金光乍現，龜背上緩緩浮現出縱橫交錯的紋路，那紋路極其複雜，既像一張緊密交織的蛛網，又像某種華麗詭譎的圖騰。

布布路四人看得一頭霧水，朱雀則按捺不住地問玄武：「結果如何？」

「禍水已至，歷劫難逃，唯倚十字，運命能改。」玄武閉着眼睛，聲音從喉嚨最深處發出，每一個音節都像從深沉的海底傳來，聽得大夥兒心頭發顫，不由自主地屏住了呼吸。

「跟之前那次一模一樣，看來我們沒有別的指望了，俗話說，禍兮福所倚，福兮禍所伏……」青龍難掩失望地歎了口

氣，轉過頭對不明所以的布布路四人笑着解釋道，「玄武在四神基地裏還有個別稱 —— 禁言的司命。她的怪物龍馬擁有一項不能輕易使用的特殊技能，叫作『河圖洛書』，也就是卜問吉凶。這項技能對使用者有着嚴格的制約，除了使用怪物技能之外，使用者在任何時候都不能開口說話，否則將遭到預言的反噬，輕則重傷，重則殞命。剛才在宿舍樓裏，玄武已經使用了一次『河圖洛書』，得到的結果也是這十六個字。」

難怪玄武除了在擂台賽上使用怪物技能之外，始終一言不發，原來是受到「河圖洛書」的制約，不過，龍馬的這項技能真的好神奇，簡直是未卜先知！

「這十六個字的前八個字，應該指的就是這次的變異災禍，至於後八個字裏的『十字』……」餃子若有所思地沉吟道，「難道你們要依靠摩爾本十字基地，才能渡過這次災禍？」

「所以我們才特意把你們也帶下來，要知道，這個地方除了『四靈士』的後代之外，其他人都沒有資格進來的！」朱雀雙手抱胸，貌似有些不服氣。

「這是甚麼地方啊？」布布路好奇地打量着暗道四周參差古老的岩石和上面褪色的圖騰，顯然這地方存在已久。

「現在時間緊迫，我們還是邊走邊說吧。」青龍在前面領路，帶着眾人在四通八達的暗道中穿行，她的臉上仍然看不出情緒，但語氣卻分外沉重地說道，「進入宿舍樓隔離觀察後不久，一些被我們買通的八卦記者通過卡卜林毛球專線，告訴了我們一個震驚藍星的大新聞 —— 因為怪物閃鑽卡的推廣失

敗，天乙委員長已經第一時間向管理協會引咎辭職了！」

　　布布路四人大吃一驚，天乙委員長引咎辭職了？！　這可是藍星上首位辭職的委員長！

　　「難怪弨特有權拘押天乙，因為天乙已經不再是委員長了。」賽琳娜恍然大悟地說。

　　「天乙辭職，等於承認了『巨型筋肉人』的變異是閃鑽卡造成的，這……」餃子難以置信地問，「像天乙這樣級別的人，怎麼會犯這種錯誤？」

　　青龍無奈地歎了一口氣，捏了捏卡卜林毛球，裏面傳出了記者的聲音——

　　「據知情人士透露，在即將公開的有關天乙委員長引咎辭職的報道中表明，天乙委員長研究閃鑽卡已有三十多年了，儘

管他耗費了大量的資源和財力，卻始終沒有取得甚麼成果。管理協會內部曾經召開過多次會議，商討要廢除這個項目，但都被天乙委員長想方設法地否決了。一年前，由於弭特區長的號召，廢除閃鑽卡項目再次被提上議程，面對一面倒的局面，天乙當眾立下了軍令狀，如果他不能在一年內完成這個項目，就引咎辭職。

「時間很快過去了，最後期限臨近之時，天乙委員長突然在四神基地亮相，不僅展示了研製成功的閃鑽卡，還宣佈對閃鑽卡進行公開測試。

「業內人士分析，天乙身居高位多年，雖然搞出許多新奇的小發明，但並沒有甚麼能令後人稱頌的偉大發明，就算他這次不立下軍令狀，等到閃鑽卡的項目被廢除後，他也即將退

休。所以，天乙這次的行為，其實是為了讓自己名垂青史而放手一搏，他不顧測試用戶的安危，強行讓存在安全隱患的閃鑽卡投入使用。這種為一己私利而孤注一擲的行為，實在是有辱怪物大師的榮譽……

「與這段關於天乙委員長的報道相反的是，報道後段用了相當大的篇幅謳歌弭特區長！據專家稱，弭特區長粗中有細，不畏強權，在察覺到危險的端倪後，能夠持之以恆地深入挖掘真相，甚至敢於向身居高位的天乙委員長公然叫板。在閃鑽卡的測試推廣出事後，他不僅及時平息了混亂，還第一時間將收繳上去的閃鑽卡全部銷毀，以防止事態的進一步升級。這些舉措體現了弭特身為一名怪物大師的智慧和道義，再加上他任職區長這些年來剛正不阿的種種表現，專家一致認為他是接替天乙、晉升為新一任委員長的不二人選！現在，更是把他任命為調查閃鑽卡事故的專案組負責人了！」

聽到這裏，餃子三人明白了，這篇報道其實帶有明顯的導向性：抹黑天乙，抬高弭特！

很明顯，這件事的最大受益者就是弭特區長！難道天乙委員長的辭職和被拘押真是弭特區長篡權奪位的陰謀？

所有人都神情凝重地思考起來，只有布布路一臉輕鬆地發問道：「知情人士？業內人士？專家？嗯……他們都是誰啊？」

四女神同時瞪了他一眼，對布布路抓重點的能力很是無語。

「總之，我們打算去找被囚禁的天乙委員長，因為我們始

終相信他是無辜的！這起事件背後一定有甚麼隱情！」

在布布路他們疑惑的目光中，青龍慎重地說：「在我成為預備生委員會會長後，天乙委員長暗中找到了我們，表示四神基地的沒落讓他深以為憾，主動提出給我們提供各種協助，並且讓我們參與閃鑽卡的研發，也想通過閃鑽卡，讓低迷的四神基地重振雄風。這段時間委員長給了我們許多關懷和幫助，如果閃鑽卡有問題，使用了更長時間的我們四個為甚麼沒事？」

語畢，四女神信誓旦旦地齊聲補充道：「我們敢用自己的名譽發誓，閃鑽卡絕對沒有安全隱患。」

這是成為怪物大師的必經之路！！！

嗨，親愛的讀者，對於怪物大師預備生們平日最愛刷的卡，你了解多少呢？現在快拿起筆，小測驗的時間到了！

怪物卡知識點小測驗

判斷題，認為正確請打 ✓，認為錯誤請打 ✗。

失去可停留的怪物卡的怪物會發瘋。

(　　　　)

答案在本頁底部，答對得 10 分，你答對了嗎？

解析：事實上，是部分失去主人的怪物會發瘋。

■即時話題■

布布路：我有個問題，玄武除了使用怪物技能時能開口說話，其他任何時候都必須禁言，那平時你們怎麼和她溝通呢？

青龍：玄武可以動嘴脣，白虎看得懂脣語喲。

餃子：嘿，我也會讀一點脣語喲！

朱雀：哼，就憑你？

餃子：朱雀小姐姐，你又挑釁我了，好吧，我只能說，不服來戰！

朱雀：戰就戰！玄武，你說句話。

玄武：¥%&@ ¥&&*……

餃子：欠錢要還，小鬼。

白虎：前面有坑，小心。

朱雀：哈哈，讓你吹牛，錯得那麼離譜！

餃子：我至少對了一個「小」字，說明我的確是會讀一點脣語。

其他人：……（無恥的狡辯）

完成這個測試後，可以判定自己對於怪物卡知識點是否瞭如指掌。
測試答案就在第二十部的 243 頁，不要錯過喲！

雷鳴的四神基地
MONSTER MASTER 20

新世界冒險奇談
第十一站 STEP.11

臨危受命
MONSTER MASTER 20

中土堂與吉星符

「俗話說，天無絕人之路，你們四個曾經完成過那麼多了不起的隱藏任務，希望你們能幫助我們，一起為委員長洗刷冤屈。」青龍言辭懇切地說。

「放心，我們定會竭盡全力相助！」布布路爽快地答應道。

餃子三人跟着點了點頭，不過心中也盤算起來：不論是「調查報告」的真偽，還是導致預備生變異的原因，目前都還沒有確切的定論……雖然弸特區長很可疑，但也不能斷定天

乙委員長一定是清白的。不過他們雖然心中有所疑慮，但畢竟找到天乙才能了解更多的真相，等他們掌握更多的情況，再想辦法和摩爾本十字基地取得聯繫，等待指示。

說話間，負責帶路的人從青龍換成了朱雀，又換成了白虎，他們所走的路線時而迴旋，時而繞圈，很多時候是不停地走回頭路，但若是留心觀察，又會發現這些「回頭路」似乎還有着細微的不同……餃子不禁開口歎道：「這與其說是暗道，不如說是迷宮！」

「哼，這裏是整座四神基地裏最安全、最神聖的地方，更是受到『四靈神』庇佑的所在 —— 中土堂的遺址！之所以內部設計會如此複雜，都是為了守護那個 ——」朱雀有些驕傲地昂起下巴，手指向前方不遠處。

曲折縱橫的甬道正前方，矗立着一塊足有兩人高的巍峨石碑，那石碑看起來渾厚莊嚴，表面還浮着

一層朦朧的輝光，彷彿凝結着數千年的古老氣息。而碑體上依次排佈着四神家族的怪物圖騰，最上方則鑲嵌着一塊醒目的鼎形石雕，質地細潤，成色純正，與石碑渾然一體。

「咦？我們之前在暗道入口處的封門石上見過這個『鼎』，原來中土堂守護的東西是一塊墓碑啊！」布布路咧嘴湊上前去，覺得十分有親切感。

「阿……阿嚏！」布布路突然鼻子發癢，衝着「鼎」一連打了三個大噴嚏，鼻涕橫流地對餃子他們說：「你們有沒有覺得，這裏還有其他人的氣息？」

餃子不禁打了個寒戰，嘴角抽動着說：「你一會兒說這玩意是墓碑，一會兒又說這裏還有其他人，別嚇唬我好嗎？」

「放肆！」朱雀火冒三丈地對布布路吼道，「你竟敢說『吉星符』是墓碑！還往上面噴鼻涕！」

布布路四人頓時張大了嘴巴，這塊外觀像墓碑一樣的石碑，竟然就是四神基地的祕寶 ——吉星符！

「不知者無罪，」青龍拍拍火氣正大的朱雀，向布布路四人介紹道，「這個『鼎』是中土堂的堂徽，下方的四神家族圖騰上，鑲有鎏金線條的部分，分別代表着『四靈神』能量最強的四個部分 ——朱雀的赤翎、白虎的金目、玄武的黑尾和青龍的龍角。傳說中，在『四靈神』化作塵土消失之後，這四份神力流失散落在這片土地上，『吉星符』是吸納了這些古老力量的上古神器，它就像扎根生長在這裏一般，沒有任何人能將它移動分毫。但我們四大家族的祖訓告誡我們，絕不能輕易使用『吉星符』裏的力量。另外，關於使用『吉星符』的方法，也早就失傳了。」

「也就是說，就算是有人打贏了擂台賽，也帶不走『吉星符』，就算能帶走，也不會用……」帝奇毫不客氣地揶揄道。

青龍訕笑着，假裝沒聽見帝奇的奚落，讓白虎繼續引路。就在大家轉身離開的一瞬間，一道耀眼的光柱無聲地落下，將整個石碑籠罩其中，整條暗道頓時充斥着聖潔的光輝。

「你們的先祖顯靈了？」布布路一臉興奮地看着四女神。

四女神也是一臉錯愕，她們從來沒有聽說過甚麼先祖顯靈的事，只好點點頭尷尬地回應布布路。

片刻之後，光柱消失，領路的人又從白虎換成了玄武，青龍趕緊藉機轉移話題。「如今，已經沒有人知道四神基地是建造在中土堂遺址之上的了，只有我們四大家族的後人世代守護

着『吉星符』，而且我們每一個家族只掌握中土堂四分之一的地圖。祖先這樣安排是希望後輩銘記團結的重要性，我們的祖先正是靠着『四靈神』的合力，才打敗了魔物。我的父母經常對我強調：若不能團結，任何力量都是弱小的；若不能分享，任何光輝都是暗淡的……祖先們留下來的，不僅是屬於四大家族的榮光，更是對這片土地深深的責任。我們後人只有團結一致，才能守護這片土地世世代代和平安寧。」

原來其中還有此深意啊，布布路四人體味着青龍的話，心想她能將家族往事坦然相告，可見對他們的認同和信任了。

不久後，在玄武的指引下，一行人終於走出了這錯綜複雜的迷宮。掩藏在一片茂密的樹林之中的出口在他們身後無聲無息地合攏了，將暗道隱藏得嚴嚴實實。

昭然若揭的野心

「我們趕緊去落霞村吧！八卦記者調查到天乙委員長正被拘押在落霞村裏……」青龍往密林另一頭指了指。

「落霞村？」布布路覺得這村名有些耳熟，「對了，我們來四神基地的時候曾路過那裏。」

「落霞村是距離四神基地最近的一個村落，只要穿過這片密林就到了，」青龍向大家說明道，「村落不足三十戶居民，要找到天乙委員長應該不難。」

青龍招呼布布路他們繼續前進，但帝奇卻突然停住腳步。

「你們先走吧！我想折回四神基地找弨特區長，讓他解除毒酸陣，把被困在宿舍樓的沒有變異的預備生們放出去。順便探查一下基地內的情況……」

餃子立刻會意道：「嗯，無論弨特區長心裏是如何打算的，如果有人去報告，在眾多媒體面前他還是要採取行動的。」

「但沒有我們帶路，你要如何回去呢？」白虎疑惑地問。

「我會以自己的方式回去的……」帝奇身輕如燕，穿梭在樹叢間，漸行漸遠。

四女神露出驚訝的神情，儘管她們對吊車尾小隊的四人做過調查，但賞金王家族的實力還是令她們大開眼界。

布布路三人則見怪不怪，絲毫不擔心帝奇會找不到路。

在四女神的帶領下，一行人穿過茂密的樹林，過了一會兒，他們來到了小路的盡頭，一堵纏繞着藤蔓的厚實磚牆將前路封堵得嚴嚴實實。

四女神面面相覷，朱雀驚訝地怪叫道：「前面就是落霞村的地界了，可這裏怎麼會出現一堵牆？」

「而且，你們看，藤蔓下的石磚都是新的，應該是剛修好不久。」白虎準備伸手去摸摸看，卻被布布路拉住了。

「等等，」布布路鼻子厭惡地動了動，回頭說，「大家千萬別碰到牆面，這上面也有毒酸。」

「這麼說，雖然表面上看起來是普通的牆，但如果觸碰或翻越，毒酸陣就會被啟動，將闖入者變成酸水？」賽琳娜和餃子露出了後怕的表情。

　　大家再仔細看去，發現牆內遠遠的遍佈着蜂眼，據此推測，村內肯定還少不了其他的警戒措施。

　　「我們怎麼入村呢？姑且不說我們能不能破掉這個黏稠的毒酸陣，即便能破，破陣時的動靜必然會引發其他警戒。」餃子的狐狸面具後，眉毛擰出了一個結。

被驅動的生物使者

　　就在布布路他們一籌莫展的時候，一個熟悉的聲音突然傳入他們耳中。

　　「青龍……布布路……是你們嗎？」

　　一聽到這個聲音，七個預備生齊齊一驚，這分明是天乙委員長的聲音，他不是被弭特拘押在落霞村裏嗎？聲音怎麼好像就在他們身邊一樣？

　　「噢！委員長的聲音是從這裏發出來的 ——」布布路耳力超羣，很快找到了聲源，順勢朝牆上一指。順着他手指的方向看去，五個女生全都驚恐地捂住了嘴。

　　大家面前的牆縫中，赫然趴着一隻小拇指大小的蟻蠊。雖然蟻蠊只是微不足道的常見爬蟲，卻足以令藍星上百分之九十九的女生聞之色變。

　　這隻小小的蟻蠊居然發出了天乙的聲音：「這是我下屬的科研所的發明之一，用極其精確的微小電流來驅動生物，還有與之配套的納米級別的蜂眼和擴音器。這個發明原本是為醫

療怪物大師準備的，他們可以借此驅動微小的生物進入人體內探查和排除病灶，避免了在人體上造成手術的切口。不過非常抱歉，事發突然，在被弭特拘押到這裏的路上，我只找到一隻蟻蠊作為載體。」

七個人恍然大悟，原來天乙還被拘押在落霞村內，這隻蟻蠊是他在倉促中留在村外的，靠着綁定在蟻蠊身上的微型蜂眼和擴音器與天乙連接，進行實時對話。

「哇！不愧是科研所的負責人，隨便一個發明都這麼了不起！」布布路驚歎道。

「天乙委員長，現在事態緊急，我們長話短說……」餃子畢恭畢敬地上前一步，將他們了解到的情況悉數告訴了天乙，最後意味深長地補充道，「我們都很願意相信您是清白的，也

想幫您洗刷冤屈，但目前的形勢對您很不利，我們需要確鑿的證據才行⋯⋯」

　　當聽到閃鑽卡已經全部銷毀，大量預備生被囚禁在宿舍樓裏時，蟻蟻的身體中傳出了天乙因氣憤而有些急促的呼吸聲，他自嘲般地說：「謝謝你們對我的信任，看起來，弭特根本不想給我自證清白的機會！現在事情的原因還沒有調查清楚，他就迫不及待地銷毀了閃鑽卡，還將所有受到影響的預備生都囚禁起來，分明是想把物證和人證全部銷毀。」

　　「不僅如此，弭特早在幾天前就把落霞村的居民全都撤離了，並修建了堅固的高牆。就好像現在發生的一切，弭特早就預知了一樣，甚至連臨時拘押我的『監獄』都準備好了。

　　「一直以來，弭特都給人留下剛正不阿、敢於和委員長叫

板的印象，可與其說他是正直不屈，倒不如說他是野心勃勃。回想起來，他不斷地和我們三個委員長作對，真正的目的是想取而代之！可惜長久以來，我和另外兩位委員長都沒有把弨特的存在當成威脅，相反，我們將他的那些指責和挑剔，都當成了鞭策自己進步和潔身自好的動力。沒想到，我們的一再忍讓和縱容，讓他變本加厲。但是這次我絕不能退讓，畢竟牽扯到這麼多無辜的預備生……」

朱雀氣得渾身發抖，激動地說：「天乙委員長，我們一定要為您洗刷冤屈，將弨特繩之以法！但是我們沒有證據啊！」

「並非沒有證據，只是……」天乙似乎有些猶豫，片刻之後才長長地歎了一口氣說，「如果可以的話，我真的不想讓你們這些孩子看到成人世界爭權奪利的殘酷鬥爭，更不想將你們牽扯進來。但這一次我身陷囹圄，實在無力自證清白，只能拜託你們幫我跑一趟了。弨特銷毀的只是投放內測的閃鑽卡，在科研所第 13 號分部裏，保存着研發過程中每一個階段的試行閃鑽卡，尤其是那張最為珍貴的初版閃鑽卡，只要你們把那張初版閃鑽卡帶來給我，我就能向所有人證明閃鑽卡沒有問題。只要能解除對我的拘押，我一定能儘快調查出預備生變異的原因，並制定出治療他們的方案！」

「您放心，我們一定將初版閃鑽卡找來。」四女神異口同聲地說。

而餃子和賽琳娜卻還有些猶豫，心想要不要先跟十字基地聯絡，聽取導師們的意見，然而當餃子偷偷捏卡卜林毛球時卻發現接不通，看來這裏不僅設置了毒酸陣，連毛球的信號也被

屏蔽了。

恰巧此時帝奇回來了，他看起來面色陰沉，顯然四神基地的狀況十分不妙。

「情況如何？」布布路着急地催問道。

帝奇看了看圍住落霞村的圍牆，才語氣沉重地對布布路三人和四女神說：「基地內已全面戒嚴，弨特不僅沒有解除宿舍樓的高濃度黏稠毒酸陣，還利用他的怪物藍蛭，對毒酸陣進行了加固！」

「藍蛭？」布布路一臉茫然。

對於布布路的無知，朱雀原想肆無忌憚地嘲笑他一番，但玄武對她使了個眼色，她只好不耐煩地解釋道：「藍蛭是一隻沒有固定形體的軟體怪物，《怪物圖鑒》裏介紹牠呈果凍狀，也有人覺得牠像一條噁心的鼻涕蟲，因為牠通體覆蓋着黏液，能釋放出各種濃度的腐蝕性毒酸。」

「他竟然如此肆意妄為！」白虎細長的眼睛中燃起怒火，她攥緊拳頭說，「此刻那些沒有變異的預備生該有多無助！」

「看來天乙委員長所言非虛，」餃子若有所思地說，「如果弨特區長真是為了自己的野心而不顧預備生的安危，說不定預備生們的變異並不單純……」

餃子欲言又止，賽琳娜適時地補充道：「我們還是不要胡亂猜測，先去找證據吧。」

「沒錯，當務之急是找到初版閃鑽卡！」青龍附和道。

眾人決定即刻出發，因為他們現在至少肯定了一點：

靠弨特區長是不可能救得了那些預備生的！

雷鳴的四神基地

MONSTER MASTER 20

新世界冒險奇談
第十二站 STEP.12

零維度空間陷阱
MONSTER MASTER 20

人去樓空的科研分部

突突突！

賽琳娜和青龍各自駕駛着一輛甲殼蟲，風馳電掣般地行駛在通往管理協會科研所第 13 號分部的公路上。

一想到基地裏還有那麼多同伴被困在宿舍樓裏，大家都焦急不已，賽琳娜和青龍將油門一踩到底，發動機的馬達聲震耳欲聾，將餃子的嘔吐聲都淹沒了。三個小時的車程硬生生地被他們縮短了一半。

當兩輛甲殼蟲終於抵達目的地，坐落在眼前的第 13 號分部頓時讓布布路四人全都傻了眼。

布布路驚訝地張着嘴巴讚歎道：「哇，好大的蝸牛殼啊！」

這座建築猶如一個巨大的蝸牛殼，平穩地懸浮在半空中，通體銀色的外殼，在陽光的照射下，反射出奪目的光芒。

「蝸牛殼？你可真沒見識，這是一隻因年老而死去的浮空扁平巨楯蛞蝓的外殼。」朱雀似乎不是第一次來這裏，提高音量介紹道，「第 13 號分部可是天乙委員長親手設計的，這座用巨楯蛞蝓打造的建築，融合了各種元素石的功效和生物改造技術，是藍星當代建築的集大成之作。」

「委員長大人的設計果然不同凡響，」餃子敷衍地笑笑，「我本來還在思考應該直接闡明來意從正面進入，還是該暗中潛入……不過看來想這些根本沒用，這隻蛞蝓渾然一體，既沒有門也沒有窗，甚至連把守的人都不見一個……」

「別擔心，我們自有辦法！」四女神信步走向巨楯蛞蝓的正下方，在玄武的招手示意下，布布路四人也跟了上去，當他們全部站到巨楯蛞蝓的下方時，一道光柱突然從巨楯蛞蝓腹部中央照射出來，將他們完全籠罩其中。

沐浴在光柱之中，青龍朗聲開口道：「實驗代號 S 級，密碼 444。」

嗖的一聲，八個人瞬間消失不見了，被傳送光柱送進了巨楯蛞蝓的內部。

進入第 13 號分部內部後，布布路四人瞪大了眼睛，好奇

地東張西望起來 ——

　　這是一座圓形的巨大實驗室，內部架設着各種複雜的儀器，巨大的傳送試管、造型奇異的實驗台、玻璃罩內閃着奇異光芒的稀有晶石……到處是高科技和智能的氣息。

　　然而，布布路四人的新奇感很快退去了，因為他們發現，雖然各種儀器和設備都正常運轉着，偌大的實驗室內卻看不見一個人影，書櫃裏的書籍凌亂地散在地上，桌面上的茶壺也翻倒了，淌出來的茶飲還是温熱的。

　　「實驗室裏的工作人員應該剛離開不久，而且走得很倉促，」朱雀警覺地說，「這會不會和天乙委員長被拘押有關？」

　　看來這趟旅程注定不會一帆風順了，賽琳娜擔憂地提醒道：「但願初版閃鑽卡還在，我們還是先拿到它要緊。」

「大家跟我來。」在青龍的引領下，大家穿過空無一人的實驗室，來到一個裏面閃耀着漩渦狀光團的門洞前。青龍在光團前站定，清了清嗓子，唸道：「如果生活欺騙了你，請不要悲傷和煩惱，陰鬱的日子裏也要心平氣和……」

「大姐頭，青龍唸的是甚麼啊？好像很好聽的樣子。」布布路小聲問賽琳娜。

「那是一首詩。」賽琳娜的眼中也閃動着困惑的光，青龍為甚麼會在這個時候唸起詩來？

青龍唸完了詩，漩渦狀光團也漸漸暗淡消失了，露出了門洞後的隱藏房間。

原來這首詩是打開隱藏房間的密碼，餃子忍不住感慨道：「這個密碼比我們基地藏寶室和管理協會機密倉庫的密碼優美

多了，沒想到天乙委員長還是一位文人……」

　　回想起那兩個令人無語凝噎的密碼，布布路四人歎着氣，走進了隱藏房間。

　　房間不大不小，正中央豎立着一塊巨大的電子屏幕，四周的牆壁上則雜亂無章地佈滿了密密麻麻的小屏幕，每一塊屏幕前方都配備着一套佈滿齒輪和按鈕的儀器，以及一個剛好容納一張閃鑽卡的金屬托槽。

　　可是所有的金屬托槽裏面都是空的，布布路他們在房間裏找了半天，也沒有找到一張閃鑽卡的蹤影。

　　八個人神情焦慮地相互看看，心中不約而同地冒出不安的念頭——難道這裏已經被弭特派人「清理」過了？工作人員的倉促離開也是拜弭特區長所賜？

　　嘭！四不像猛地從金盾棺材裏躥了出來，甩着耳朵撲向房間內的一個金屬托槽，並揚起鋒利的爪子用力插了下去，將金屬托槽從儀器上生生摳了下來！

　　啪嗒一聲，那個金屬托槽落到地上，從裏面掉出來一張怪物閃鑽卡。沒錯，這正是他們要找的初版閃鑽卡！

被觸發的坍縮

　　關係着天乙委員長聲譽甚至是藍星未來格局的初版閃鑽卡，竟然被四不像輕易找到了！

　　帝奇撿起落在地上的金屬托槽看了看，恍然大悟地說：

「這個金屬托槽不是被四不像挖下來的，而是本身就被人反過來放置了，所以和其他托槽相比，要高出幾毫米，但是一般人不會注意到這麼微小的高度差。」

「四不像總是能注意到一些被大家忽略的細節，是該說牠直覺很敏銳，還是其他甚麼原因呢？」賽琳娜嘀咕道。

四女神也十分詫異，實在看不透這隻怪物。

看到眾人瞠目結舌的樣子，四不像神氣地昂着頭，露出一副了不起的表情。

「四不像，你太厲害了！」布布路滿臉堆笑，笑嘻嘻地朝四不像靠過去，「四不像，把它給我好不好？」

「布魯布魯！」四不像警覺地豎起耳朵，飛速地把閃鑽卡藏到了腋下，好像很喜歡這張初版閃鑽卡。

布布路和餃子三人頓覺頭疼了，以他們對四不像的了解，只要是牠喜歡的東西，別人就休想再得到了。

「四不像，這是很重要的東西！快給我！」

「四不像，求你了，回頭給你十塊草莓蛋糕作為交換！」

布布路追着四不像在房間裏跑圈，一邊威逼一邊利誘，可是四不像絲毫不為所動。

跑着跑着，布布路突然發現房間竟然越來越小了！

站在牆邊的朱雀跟蹌着向前撲了幾步，她剛才站立的地方居然被牆壁吞噬了！準確地說，是牆壁突然向內挪動了！

這下子，大家都意識到了，房間的四壁在無聲無息地向着中心移動着，房間正在不斷地變小，而他們之前進來的那個門

洞，不知不覺間已被移動的牆壁掩蓋了！

「糟糕！是房間的防禦功能啟動了！天乙委員長告訴過我們，他在這間存放初版閃鑽卡的重要房間裏，設置了最高級別的防禦系統——零維度空間。如果房間遭到入侵，只要啟動房間裏的『自毀』系統，實驗室就會進行自我坍縮，直到將整個房間壓縮成『零』，也就是化為烏有！」

青龍話音剛落，白虎、朱雀和玄武登時臉色慘白。

「等等，」餃子很快意識到了甚麼，「你的意思是這個房間除了我們之外還有第九個人，並且這個人啟動了自毀系統？」

「是的，但是委員長沒有跟我們說過如何操作自毀系統，因為這是為萬分之一可能性的極端情況設計的，一般不會用到，恐怕只有委員長本人才知道……」朱雀緊張地四下張望起

來，這個房間一目了然，會是甚麼人，又是在哪裏啟動了自毀系統呢？

「管他甚麼系統，我把牆壁砸開就好了！」布布路樂觀地安慰大家，取下背後的棺材就往牆壁上砸。

哐哐哐！金盾棺材和牆壁對撞，發出巨大的聲響，震得人耳鳴。

可是，布布路砸得虎口生疼、雙臂發麻，牆壁卻紋絲不動，連一個凹痕都沒有。

「你省省力氣吧！這個房間是用高密度的納米合成材質打造的，是一種新型材料，據說可以緩衝並化解任何物質的衝擊。」朱雀的聲音止不住地顫抖起來。

難道大家就要殞命於此了嗎？眼看四周的牆壁毫不留情地

越靠越近，大家腳下的空間也越來越小，恐懼和不安瞬間在房間裏蔓延開來。

但餃子三人畢竟是見過大風大浪的人，他們迅速平復了情緒，集中精神思考起對策來。

一直默默觀察空間變化的帝奇，率先出聲了：「據我所知，零維度壓縮的運作機制是利用一股強大的力量從外部向內進行擠壓，如果我們能在內部施出同等或更強的反作用力，化被動為主動，就能破除自毀程序。」

「道理倒是沒錯，甚麼力量才能與零維度壓縮抗衡呢？」賽琳娜打量着密封的房間和周圍佈滿金屬機械的牆面，就算使用水之牙的力量，恐怕也無法從空氣中汲取足夠的水分子。

就在幾人腦子飛速運轉的時候，大家身後突然閃出一團金色的光芒。

新型雷光球

是四不像！牠不知是怎麼鼓搗的，讓爪子中的閃鑽卡冒出一團耀目的金光，沒等布布路他們看清楚那是甚麼，就聽啊嗚一聲，牠猛地張開大嘴，一口把閃鑽卡吞了下去。

「我的天 ——」

「四不像把卡給吞了！」

「天哪，那可是珍貴無比的初版閃鑽卡啊！」

「完了，這下我們救不了天乙委員長了！」

在八個預備生驚慌的叫聲中，四不像一躍而起，猛地吸了一大口氣，胸腔急速膨脹，身上的鐵鏽色雜毛變得火紅，張開嘴巴，毫無徵兆地噴射出一個雷光球！

然而，蘊含着強大破壞力的雷光球並沒有瞬間爆炸，而是離奇地像氣泡一樣飄浮在半空中，然後像是被吹大了的氣球開始慢慢地分裂。

咕咕咕咕！眨眼間，雷光球的形態由一個氣球變成了一串巨大的葡萄，再變成了體積巨大的一堆肥皂泡沫，並且看起來根本不會停住的樣子，還在以幾何級速度飛快地增長！

這是怎麼回事？八個預備生瞠目結舌！

劈劈啪啪！急速膨脹的泡沫雷光球堆積着撞上了正在坍縮的牆壁，隨着第一個雷光球的炸裂，堆積的泡沫雷光球猶如被引燃的鞭炮一般，一個接一個地炸響，而急速膨脹的泡沫雷光球又迅速填滿了剛剛炸空的部分。泡沫的膨脹速度超出了所有人的預料，數量彷彿無窮無盡。

泡沫雷光球變得更加巨大，很快便填滿了幾乎整個空間，紫色的電光隨着巨響肆意綻放，這股恐怖強大的力量對抗着不斷坍縮的四壁。

四壁被擠壓得彎曲變形，並開始漸漸碎裂……積聚了數百倍威力的雷光球的能量與向內擠壓的零維度壓縮力量發生了巨大的對撞，最終形成了大爆炸。

「水精靈！」賽琳娜急聲召喚出水精靈，調動水之牙的力量，製造出一層超強力水膜，包裹住了八個預備生。水膜外壁

非常柔軟，泡沫雷光球擠壓在上面並沒有像撞到四壁那樣轟然爆炸開來，八個預備生這才鬆了一口氣……

轟轟轟 ——

大地上瞬間隆起一朵巨大的蘑菇雲，怪物大師管理協會科研所的第 13 號分部 —— 堪稱當代建築集大成之作的浮空扁平巨楯蛞蝓 —— 一瞬間被炸成了碎片，爆炸形成的勁風裹挾着無數的金屬、玻璃和建築碎屑，在空氣中肆虐飄揚，震盪波更是以巨楯蛞蝓所在地為圓心，將直徑數公里土地上的植物全都化成了灰燼。

許久之後，爆炸的餘波終於漸漸平息，八個預備生在水膜的包裹下毫髮無損，輕飄飄地降落下來，但大家都被爆炸聲震得耳畔嗡鳴，眼前陣陣暈眩。

等到大家終於回過神來後，就見四不像正一臉驕傲地站在廢墟之上，爪子裏握着一張沾滿了口水的初版閃鑽卡，卡片上有一個小小的金色光圈正一明一暗地閃動着，而掉落在四不像背後的破損大屏幕也閃動着，七零八落地滾動着一些數字和文字……

那大屏幕壓着的半堵牆下面隱隱露出一個遍體鱗傷的人……

怪物卡知識點小測驗

判斷題，認為正確請打 ✓，認為錯誤請打 ✗。

Q06

怪物受傷後可進入怪物卡中療養。

( )

答案在本頁底部，答對得 **10** 分，你答對了嗎？

解析：怪物受傷或者失去戰鬥力後，可進入怪物卡中療養，療養的時間長短則是依據怪物傷勢輕重，傷勢輕的可能幾個小時，傷勢重的可達幾個月，甚至幾年。

■即時話題■

賽琳娜：我們被弭特區長隔離在宿舍樓，你們是怎麼知道天乙委員長被拘押在落霞村的？

青龍：我們用了一些小手段來獲取情報。

帝奇：那所謂的小手段恐怕不太光彩吧？

白虎：我們只是花了點錢從八卦記者那裏買情報，你們雷頓家族不也做過這種情報交易嗎？

帝奇：我們家族可不像八卦記者一樣無孔不入，盡是揭人短處，還設計製造顛倒是非的頭條！

餃子：好了好了，你們不要這麼吹鬍子瞪眼了，咱們現在是要統一戰線，解決禍事！

青龍：沒錯，俗話說，冤家宜解不宜結，就讓我們大家忘記之前的不愉快，今後好好合作。

餃子（小聲）：青龍小姐姐，不好意思，和你打聽一下，跟那些八卦記者買個情報大概要多少盧克啊？

青龍：你需要買情報嗎？

帝奇：哼，我想他是想賣情報吧！

餃子：嘿嘿，咱們外債太多了，也是需要一些收入的嘛！我就想問問當狗仔的價碼而已……

其他人：……（鄙視的目光）

完成這測試後，可以判定自己對於怪物卡知識點是否瞭如指掌。

測試答案就在第二十部的 243 頁，不要錯過喲！

測試答案就在第二十部的 243 頁，不要錯過喲！

這是成為怪物大師的必經之路！！！

嗨，親愛的讀者，對於怪物大師預備生們平日最愛刷的卡，你了解多少呢？現在快拿起筆，小測驗的時間到了！

MONSTER MASTER

雷鳴的四神基地
MONSTER MASTER 20

新世界冒險奇談
第十三站 STEP.13

一個臥底的覺悟
MONSTER MASTER 20

親 信與臥底

　　四女神目瞪口呆地看着趾高氣揚的四不像，白虎激動地驚呼道：「哇，這隻怪物破除了『零維度空間』！簡直是神力！牠到底是甚麼來頭？」

　　餃子三人則目光銳利地看向四不像爪中的初版閃鑽卡，感覺剛才四不像吐出來的那串異乎尋常的雷光球，和初版閃鑽卡大有關聯。

　　不過當務之急是救人！

布布路搬開沉重的納米牆和金屬大屏幕碎片，將壓在下面的人救了出來。

那人已經奄奄一息了，渾身都是觸目驚心的撕裂傷，失血嚴重，並且四肢紅腫，似乎有多處骨折……

「咦？是他！」一看到那人的臉，四女神同時浮現出驚訝的神情。

「我們試練閃鑽卡的時候曾經見過他幾次，他是天乙委員長的心腹。」青龍既疑惑又擔憂地看着那個人，「既然他是委員長的心腹，又知道我們的身份，怎麼會不顧一切地啟動自毀系統呢？這其中是不是有甚麼誤會？」

玄武和賽琳娜一起，迅速給那人做了簡單的消毒和包紮，帝奇從貼身的口袋裏摸出一顆止血的急救藥丸給他服下……

片刻之後，那人終於緩過一口氣，慢慢地睜開眼睛，看向八個預備生，眼中充滿了驚愕：「怎麼可能……你們怎麼可能毫髮無損……逃過『零維度空間』的自毀系統？」

「是你啟動了自毀系統吧？」朱雀氣呼呼地嚷道，「為甚麼要這樣害人害己？現在第 13 號分部都毀了，你滿意了嗎？」

「我……我也是不得已……」在朱雀的逼問下，那人眼中閃過一抹愧疚，但很快便被濃重的陰霾所掩蓋，他抬起頭，鄭重地說，「因為我絕不能讓天乙的野心實現，這會給藍星帶來毀滅性的災難！」

「豈有此理！」白虎生氣地吼道，「虧得天乙委員長把你當作最值得信任的人，你居然說他的夢想是野心，還說他會引發

災難！」

　「事已至此，我也不想再繼續偽裝了，我雖然一直在天乙身邊工作，卻是弭特區長派到天乙身邊的監視者！」那人臉上浮現出一抹苦笑，虛弱地道出自己的真實身份，「早在十幾年前，當天乙提出要開發怪物閃鑽卡的時候，弭特區長就對此充滿質疑，因為在他看來，閃鑽卡完全是多餘的存在，天乙雄心勃勃要去開發的那些功能，雖然能縮小怪物大師的強弱差距，但也會造成一個更大的問題，那就是不公平！因為使用了閃鑽卡，強者的強和弱者的弱都會被模糊化，只要能結交到強大的盟友，個人的努力和實力將變得不再重要。可有一天，當他們失去了閃鑽卡和盟友的支持，又該如何救人和自救呢？」

　「出於這些原因，弭特區長安插我進入第 13 號分部，讓我取得天乙的信任，隨時向弭特區長匯報閃鑽卡的研發進度，一

旦發現紕漏，他就會立刻出
手，遊說管理協會中止這個項
目。

「出乎意料的是，天乙並不是一個急功近利的人，相反，他
為人非常保守和嚴謹，弨特區長質疑的問題，同樣也是天乙最
大的隱憂。為確保萬無一失，他專門安排了一個團隊，對閃鑽
卡的試用者進行全方位的身體和心理評估，所以，儘管閃鑽卡
的研發進展神速，試用進度卻異常緩慢，以至於大量的新功能
都來不及實驗，只能無限期擱置着。

「由於進展緩慢，我跟弨特區長的聯繫也越來越少，轉而
將更多的精力放在科研所的日常工作中。漸漸地，我對天乙越
來越欽佩，他腦中永遠有着源源不斷的奇思妙想，而且他總是
能將這些『靈感』變成真正的發明，比如『人怪同聲翻譯機』
『智能懲罰鵝卵石』和『電流驅動微生物』等等，不愧被譽為『藍
星最強的技術革新者』。

「然而就在最近，一向穩重的天乙突然毫無緣故地轉變了
態度，開始加緊閃鑽卡的試用流程，試用從每月一次提速到一
天幾次，短短幾週的時間，科研所將擱淺了數年的研發成果

全部試用完畢，雖然在這個過程中有一名試用者出現了精神問題，但這完全沒有影響天乙要正式推廣閃鑽卡的決心。

「我不知道是甚麼原因促使了天乙的改變，但我開始覺得不對勁了，便將那份試用者出現精神問題的內部報告提供給了弭特區長。

「天乙在被拘押之前，曾親口囑咐我，讓我回來取初版閃鑽卡，因為那是唯一能證明他清白的證據。可是弭特卻告訴天乙，我和他的那輩手下也被他監控了，這導致天乙最後只能拜託你們。

「而科研人員的倉促撤離，也是因為弭特上報管理協會後，管理協會決定暫時凍結天乙委員長管理的科研所，所有人員均不得碰任何設備，被強行緊急撤離。

「這次的變異事件你們也看見了，四神基地只是一瞬間就變得滿目瘡痍，這還只是小範圍的實驗……我明白，不論是將初版閃鑽卡交給弭特，還是交給天乙，都將在藍星引發一場無法想像的巨大動盪……就在我躊躇不定的時候，你們先我一步找到了被反方向隱藏存放的初版閃鑽卡。天乙曾經意味深長地跟我說，初版閃鑽卡是與眾不同的，它裏面具備的能量超乎想像，我擔心你們這些預備生無法操控這些能量，會惹出更大的亂子，情急之下，我啟動了『零維度空間』，想要以自我犧牲的方式讓一切終結……」

說到最後，這名隱藏在天乙身邊十幾年的臥底，臉上浮現出一抹悲壯的神情。

有悖道義的初版閃鑽卡

聽完臥底的自白，八個預備生在感慨之餘，不約而同地將目光投向四不像爪中的初版閃鑽卡。

「布魯布魯，魯魯魯！」四不像愛不釋手地擺弄着初版閃鑽卡，就像擺弄着甚麼人間美味。

「喂！把卡給我們看看！」朱雀心急地湊到四不像旁邊，抬手要搶閃鑽卡。

「布魯，噗！」四不像頓時雙眼噴火，揚起爪子朝朱雀抓去──

「哇啊！」布布路四人如臨大敵，朱雀那張粉嫩的小臉，可經不起四不像的絕命連環抓啊！

眼看四不像鋒利的爪尖就要劃破朱雀的臉蛋，突然，玄武幽幽移步上前，將一捧糖果捧到四不像眼前。

這是四神基地獨有的蜜蜂糖，四不像見所未見，銅鈴眼頓時被花花綠綠的糖紙映得五顏六色，嗖地把爪中的閃鑽卡丟給了布布路。

看來玄武早已從布布路和四不像的相處模式中，摸清了四不像的個性。

大夥兒佩服地齊齊圍上去，只見初版閃鑽卡比普通閃鑽卡上多了一個金色的圓形圖標，此刻正在閃爍！

而那個被震得四分五裂的屏幕，還在稀稀拉拉顯示着數字和文字，其中最上方「泡泡沫」幾個字也閃爍着金光，那一閃

一閃的節奏與初版閃鑽卡上圖標閃爍的頻率一模一樣，像在呼應一般。

「泡泡沫？這是超能系怪物卡西米的技能，」賽琳娜恍然大悟地說，「它像吹肥皂泡般使四不像的『雷光球』以幾何級速度增長，這是一個非常常見的低等級技能，據說最受美食怪物大師的喜愛，他們喜歡用這個技能來營造食物蓬鬆的口感……」

「應該就是『泡泡沫』作用在四不像的雷光球上，讓雷光球和奶油一樣發泡，形成巨大的泡沫雷光球陣，發泡後的雷光球數量增長了上千甚至數萬倍，和『零維度空間』碰撞發生一連串不間斷的爆炸，這數以萬計的雷光球之力自然任憑甚麼機關也抵擋不了了！」

「泡泡沫？我有印象……」白虎認真地回憶道，「試用閃鑽卡時，有一個預備生因為不願和盟友分享技能而主動退還了閃鑽卡，他的怪物技能正是泡泡沫。

沒想到初版閃鑽卡仍然將牠的技能備份了……」

　　白虎話沒說完，但八個預備生心中浮起相同的疑惑：難道只要接觸過閃鑽卡，預備生的怪物技能就會被強制備份到初版閃鑽卡裏嗎？

　　接着，他們費力地辨認起屏幕上其他文字，那些竟然全是各種各樣的怪物技能，足有數百個，四女神的怪物技能也都包含在其中。

　　看到最後，屏幕上緩緩浮現出幾個令布布路他們無比熟悉的怪物技能：

六面水盾，強力水柱

長鞭出擊

獅王咆哮彈，獅王金剛掌

……

「大姐頭，你們三個的怪物技能也在裏面！」布布路驚呼道，「初版閃鑽卡的存儲量好大啊！」

如此看來，只要持有初版閃鑽卡，便可以隨意調取數百個怪物技能，而且隨着閃鑽卡的推廣，初版閃鑽卡裏存儲的怪物技能還會不斷增加，難怪天乙說初版閃鑽卡具有不可想像的能量。

但令人疑惑的是，天乙委員長卻對外隱瞞了這點！想到這裏，眾人一個個眉頭緊皺，四女神也沉默了。

帝奇乾脆不客氣地哼了一聲說道：「只要使用過閃鑽卡，不管主人是否同意，怪物技能都會被遠程存入這張初版閃鑽卡中，天乙委員長的這種行為和偷竊有何區別？」

「如此看來，天乙委員長研究閃鑽卡的動機就很可疑了，也許弸特區長質疑閃鑽卡是對的，」餃子若有所思地喃喃道，「但弸特區長不顧預備生的死活，強行用毒酸陣加固隔離宿舍樓，這種行為也很難令人贊同……」

說到弸特區長，幾個預備生看向那名臥底，想打聽更多關於弸特的信息。遺憾的是，在他們讀取初版閃鑽卡內的信息時，那名臥底已經陷入昏迷，無法回答任何問題了。

這時，破碎的科研所上方突然被一道巨大的陰影籠罩了……

雙線調查任務

眾人齊齊抬頭，一隻巨大的鳥，不對，是一尾狐蝠出現了！兩道熟悉的身影凌空躍下！

看到那兩個熟悉的身影，布布路四人驚喜地大叫起來：「雙子導師！」

白鷺導師拿着一個玻璃魚缸，裏面游着一隻圓鼓鼓的小刺魨；黑鷺導師的頭頂則盤旋着一隻長着六隻爪子的巨鷹。

「好久不見，四個小傢伙。」巨鷹瞇起眼睛看着布布路四人，嫩黃的鳥喙竟然翕動着發出人聲。

大家恍然大悟，巨鷹正是泰明導師的怪物 —— 尼科洛斯，自從泰明導師失蹤後，在很長一段時間，牠退化成了精衞鳥的模樣，看來和主人的重逢不僅使牠恢復了原本的形態，還讓牠可以流利地使用人類語言。這樣一來，當初靈魂被困在小刺魨身體中的泰明導師的所思所想，現在也能通過尼科洛斯傳達出來了！（詳見《怪物大師·泯滅的靈魂碎片》）

四女神對摩爾本十字基地的雙子導師早有耳聞，但當尼科洛斯開口說話時，四女神還是難掩驚訝之情。

但雙子導師顯然不打算對此做出甚麼解釋，黑鷺大步走上前來，劈頭蓋臉地朝布布路四人吼道：「你們四個不好好在基地裏訓練，跑到這兒來做甚麼？這科研分部該不是被你們炸掉的吧？」

雖然炸了科研分部不是件小事，但這也不是布布路四人第

一次捅婁子了，所以他們只是尷尬地笑着，倒是四女神心虛地低下了頭。

「明人不做暗事，炸毀分部的事，我們四個也有責任，但我們也實在是不得已而為之，事情是這樣的……」青龍臉上標誌性的笑容有些戰戰兢兢，將他們受天乙之託舉辦擂台賽、推廣閃鑽卡、閃鑽卡出事、預備生變異、天乙被拘押、弳特封鎖宿舍樓以及替天乙來取初版閃鑽卡的經過，簡單扼要地告訴了雙子導師，但到最後，她還是警惕地說：「久仰摩爾本十字基地雙子導師的大名，一直很希望能有機會請兩位指教，但不知二位在這個時候來科研分部有何貴幹？」

「對呀，雙子導師，你們不是去執行任務了嗎？怎麼會和泰明導師一起出現在這裏？」布布路好奇地跟着附和道。

「我們在執行任務的過程中遇到了泰明導師，因為我們和泰明導師調查的一位關鍵線索人物發生了交叉，都需要到第

13 號分部來核實一點情況。」黑鷺看了看四女神，謹慎地回答道。

　　也就是說雙子導師和泰明導師在調查的關鍵線索人物是同一人？而且就在第 13 號分部？

　　提起泰明導師，布布路四人赫然想起了不久前在幽靈島上發生的事情，在那裏他們獲悉了人類的黑暗歷史，最後石化的巨人族很可能都復活了⋯⋯

　　根據他們之前的推測，雙子導師八成是去調查怪物大師管理協會的隱藏任務泄露事件了⋯⋯難道那個和第 13 號分部有關的關鍵線索人物剛好就是天乙委員長？難道他還跟幽靈島有甚麼關聯？

　　布布路幾人的眉頭越皺越緊，內心像沸騰的水一般翻騰起來：這次的閃鑽卡事件也許遠比想像中更為複雜，背後說不定隱藏了更多不為人知的祕密。

白鷺彷彿看穿了他們幾個人的心思，冷冷地告誡道：「別瞎猜了，我們的任務既不方便也沒必要跟你們透露。」

　　四女神用崇拜的眼神看着高深莫測的雙子導師，並不時朝小刺魨投去困惑的目光，不明白為甚麼布布路四人和雙子導師都對這隻小刺魨畢恭畢敬，還管牠叫導師。但她們也看出來了，不管怎麼追問，雙子導師都不會告訴她們的。

　　「雙子導師，四神基地那些預備生現在處境危險，以你們現在掌握的情報來看，我們接下來該怎麼做呢？」賽琳娜開口打破沉悶。

　　「還有他，怎麼處置？」帝奇斜了一眼昏迷在地的卧底。

　　「我會聯繫最近的醫療所，將他帶去接受治療。」白鷺沉思了一會兒，做出如下安排，「我們分頭行動，泰明導師、黑鷺

和我前往四神基地，會一會弭特，想辦法先救出那些被困在宿舍樓裏的預備生；你們帶着初版閃鑽卡回落霞村，試着從天乙口中套話，搞清楚他到底想用這張卡做甚麼。但是要切記，在我們會合之前，絕對不能把卡交給他。」

說完，白鷺丟給布布路四人一個意味深長的眼神。

大夥兒心領神會：四女神對天乙有着很深的感情，說不定會受到蒙蔽，白鷺導師這樣安排，其實是想讓他們起到監督的作用，防止四女神輕易將初版閃鑽卡交給天乙。

意識到事件的嚴重性後，四女神也點頭表示願意配合。

事不宜遲，大家兵分兩路行動起來。

新世界冒險奇談
第十四站 STEP.14
入侵與對抗
MONSTER MASTER 20

失敗的套話

　　一個半小時的飛車之後，布布路一行八人返回了落霞村。

　　當大家在之前那堵牆下站定後，青龍緊張地小聲呼喚道：「天乙委員長？我們回來了，您還在嗎？」

　　「我在！」地上的一片枯葉下爬出一隻令人渾身不舒服的蟻蟓，蟻蟓身體中傳出天乙略顯急切的聲音，「你們拿到初版閃鑽卡了嗎？」

　　布布路和朱雀咬着嘴脣保持緘默，在回來的路上，餃子已

經叮囑過這兩個冒失的傢伙，待會和天乙套話的時候千萬不要插嘴。

「咳咳，天乙委員長，我們在第 13 號分部無意中讀取了初版閃鑽卡內的信息。不看不知道，一看嚇一跳！沒想到初版閃鑽卡裏有那麼巨大的存儲量，甚至還存儲了很多未經授權的怪物技能，」青龍沒回答天乙的問題，而是關心地說，「我擔心這張卡不僅無法證明您的清白，還會害您惹上版權糾紛。」

「這中間有很多誤會一言難盡，但是我相信只要拿到初版閃鑽卡就能還我清白，」天乙誠懇地說道，「你們把卡帶來了嗎？」

「委員長，實不相瞞，我們去的時候，那兒已經被弭特區長派去的人翻了一個底朝天，工作人員也都被緊急撤離和控制起來了。」餃子從暈車中緩過氣來，發揮起他的三寸不爛之舌的本領，聲情並茂地對蟻蟥說，「不過您別擔心，因為初版閃鑽卡被精心隱藏，所以並沒有被弭特區長派去的人搜查到，反而機緣巧合地落到了我們手裏，但想要得到初版閃鑽卡的人實在太多，如果放在身邊的話，非常不安全，所以我們找了一個安全的地方把卡藏了起來。請您放心，一會兒我們一起去取。另外，如果您不介意的話，請告訴我們如何用那張卡證明您的清白，我們一路拚死保護初版閃鑽卡，非常想知道其中的緣由。」

「這個事情牽涉的祕密太多了，你們知道得越少反而對你們越好。」天乙顯得有些不耐煩，音量略微提高，「給我初版

閃鑽卡，我自會證明！」

「委員長大人，我們在調查中也了解到了一些可能連您都不知道的事。」餃子深深地歎了口氣，鄭重地說，「我們在分部見到了您的那位親信，您一定想不到，他其實是弭特區長安插在您身邊的卧底，那份試用者出現精神問題的事故報告，也是他洩露給弭特區長的，在接下來的調查中，他還會不斷提供對您不利的證據。現在您的處境可謂是腹背受敵，自己也被困在落霞村裏，現在只有我們才能幫您解圍了。

「當然，我們八個只是區區的預備生，恐怕沒能力也沒資格幫您分憂，所以我們想到了一個備用方案 —— 聯繫獅子曜委員長。雖然管理協會有同級迴避的原則，為了保證公平和公正，像您這樣重量級別的人物出了事，必須由管理協會組建專案小組來對您進行調查，但如今弭特區長已被任命為專案小組的負責人，如果他早有預謀，局勢會對您非常不利，只有請獅子曜委員長幫忙，才能向管理協會提議更換專案小組負責人，您意下如何？」

餃子話音落下，大家齊齊豎起耳朵，緊張地等待天乙的回應，然而蟻蠊卻是一直沉默，天乙一改之前急切的態度，陷入了沉默⋯⋯

正在氣氛焦灼之時，附近的樹木忽然沒有徵兆地搖擺起來，樹葉嘩嘩作響。緊接着，遠處傳來一聲震耳欲聾的轟然巨響。

「聲音是從四神基地的方向傳來的！」布布路瞬間反應過

來。

　　大家警惕地回頭一看，四神基地方向的天空中黑煙滾滾，雖然相隔有一段距離，那黑煙中的腐蝕性酸味還是很快蔓延過來，刺激得大家連連打噴嚏。

　　賽琳娜若有所思地推測：「也許是雙子導師和弭特溝通失敗，為了救人而強行解除了毒酸陣。」

　　「救人？你說得好聽！」朱雀激動得大叫，「搞出這麼大的動靜，他們是想把四神基地夷為平地吧！早知道就不分頭行動了！」

　　看着被黑煙籠罩的四神基地，四女神擔憂不已。

　　「你們不要擔心，雙子導師很厲害的，他們一定⋯⋯」布布路趕緊上前安慰，可他的話還沒說完，就被蟻蠊的聲音打斷了。

　　天乙警惕地問：「雙子導師？分頭行動？你們是不是還有甚麼事瞞着我？」

　　天乙顯然已經聽出話中蹊蹺，但大家沒有時間來思索如何回答了，因為滾滾的黑煙不知饜足地吞沒了四神基地後，仍然迅速蔓延着，向落霞村逼近！

　　在那有如一堵傾倒的參天高牆般壓境而來的滾滾濃煙中，傳出一聲聲令人毛骨悚然的淒厲咆哮，而隨着濃煙的逼近，布布路他們驚奇地發現，煙霧中赫然浮動着一個個張牙舞爪的恐怖巨影⋯⋯

濃煙中的魔影

「嗷嗚，嗷嗚 ——」

滾滾的濃煙中，躥出一個個渾身肌肉結實、面目猙獰、齜牙咧嘴的「巨型筋肉人」！

這些「巨型筋肉人」都是之前被隔離在四神基地宿舍樓裏的變異預備生，此時，他們身上黑煙繚繞，凸起的眼珠像兩個赤紅的燈泡，瘋狂地亂轉，喉嚨裏發出野獸般狂暴的喘息，已經絲毫沒有人類的氣息，就像一個個從異度空間裏爬出來的巨魔！

「你們覺不覺得，這些筋肉預備生好像比之前更巨大了？」白虎頭皮發麻地說。

「啊啊啊！」一個筋肉預備生狂躁地抓撓着自己的身體，在一聲聲嚇人的嘶鳴聲中，他身上的肌肉就像被吹鼓的氣球一般，瞬間膨脹了一倍，身高也隨之拔起，從之前的兩米多，一下子隆起到三四米，結實的肌肉就像一塊塊堅硬的巨石，難以想像具有何等強勁的力量！

這突如其來的一幕，看得布布路四人心裏咯噔一聲，當筋肉預備生的體形變得更加巨大之後，他們心中不由自主地浮現出一些熟悉而可怕的畫面 ——

這些不斷變得巨大的筋肉預備生，分明變成了和索加一樣的巨人！

莫非四神基地這次發生的事真的和幽靈島的巨人族覺醒有關？

「不好了！」朱雀的一聲尖叫將餃子拉回現實，那些「巨型筋肉人」不僅外表膨脹成了巨人的樣子，體能也變得像巨人一樣威猛強大，他們的雙眼射出無盡的憤怒，彷彿心中再沒有任何理智的存在，他們相互之間毫無憐憫，相互踩踏着憤怒地衝向落霞村，用那巨大的身體瘋狂地撞向高牆。

「快躲開！」帝奇一聲低呼，扯住身旁的玄武向後急退。那恐怖的力量，別說撞在人身上，恐怕撞到大象也能瞬間爆出一團血霧。

幾乎是同一時間，賽琳娜拉着白虎，餃子用辮子纏住朱雀，布布路左手扛起青龍，右手抓起蟻蠊，迅速退入身後茂密的叢林中。在參天大樹的掩護下，四女神驚魂不定地向外看去——

轟轟轟！

在「巨人」們的衝撞之下，高牆上的高濃度黏稠毒酸陣被觸發，高腐蝕性的酸液如噴發的岩漿一般四處飛濺，所及之處的一切頃刻化作焦炭，那些酸液在「巨人」們的體表汽化成駭人的酸霧，空氣中充斥着嗆人的酸味，刺激得布布路他們眼淚鼻涕流了滿臉。

酸液的侵蝕刺激得「巨人」們發出陣陣嗚咽聲，也令他們更加瘋狂地砸撞向高牆。令人心驚肉跳的是，「巨人」們的衝撞居然不是盲目而混亂的，他們前赴後繼，目標全都集中在同一面牆。

在他們不間斷的攻擊之下，夯實的牆體發出不堪重負的斷

裂聲，牆面上出現一道道蛛網般遊走的裂縫，終於在一聲炸響中，高牆轟然坍塌。

「嗷嗚嗷嗚 ——」「巨人」們興奮地咆哮着，如同決堤的洪水，拖着腥臭的涎水，爭先恐後地順着缺口湧入落霞村。

「幸好落霞村的村民已經被強特撤離了⋯⋯」看着「巨人」們瘋狂的背影，賽琳娜心有餘悸地唏噓道。

「糟糕！」青龍猛地打了個激靈，「落霞村是四神基地通往外界的最近通道，一旦這些『巨人』撞破了村子另一頭的牆體，不遠處就是人口密集的城鎮⋯⋯更糟的是，在這之前，被拘押在落霞村裏的天乙委員長恐怕危在旦夕⋯⋯」

拯救策略

想到這裏，青龍急聲對蟻蠊喊道：「天乙委員長，您沒事

吧?」

　　如同應和青龍的猜想一般，蟻蠊身體中傳出了天乙驚恐的低呼：「嗚……你們……你們不要過來……啊!」

　　聽到蟻蠊身體中天乙淒厲的求救聲，四女神焦急不已，可石牆上酸液飛濺，讓人無法靠近。

　　「獅王咆哮彈!」情急之下，帝奇召喚出巴巴里金獅。

　　「嗷 ──」巴巴里金獅甩了甩金色的鬃毛，對準石牆上那道缺口霍然張開獅口，強力的氣流頃刻間在密集的酸液中沖出一道「安全門」。

　　「快走!」獅王咆哮彈的氣流持續不了多久，帝奇低喝一聲，八個預備生迅速穿過「安全門」，當斷後的帝奇躍進落霞村後，撐起「安全門」的氣流耗盡，酸液頃刻間將「安全門」吞噬。

前方，憑着血肉之軀衝破毒酸陣的「巨人」們付出了巨大的代價，毒酸濺得他們全身都是，灼燒着他們的皮膚，腐蝕着他們的血肉。他們一邊狂奔一邊瘋狂甩動着身體，發出聲嘶力竭的怒吼，這看來詭異無比的動作讓他們把身上的毒酸全部甩掉，原本被灼燒腐蝕的傷口竟然迅速恢復……

　　「巨人」們所到之處一片狼藉，殘留的毒酸在空氣中留下嗆鼻的氣味。

　　其中一些「巨人」正貪婪地將一棟房屋團團圍住，在他們的瘋狂撞擊之下，房屋已經坍了半邊，布布路豎起耳朵聆聽，廢墟般的建築裏隱隱傳出虛弱的呻吟。那正是拘禁着天乙的屋子！

　　「委員長應該傷勢不輕，我們得趕緊救他！」青龍臉色大變，與其他三女神疾步衝了過去。

　　　　　　　　望着「巨人」們那令人不寒而慄的高大身

軀，賽琳娜咬着牙說：「餃子，你去幫四女神救天乙委員長，我和布布路、帝奇負責把這些『巨人』引開！」說完，賽琳娜開始積極調動自己體內水之牙的力量，伺機發動。

「好！」布布路握緊雙拳，飛身躍出，掄起金盾棺材就衝了出去！

「布魯布魯！」四不像也興奮起來，緊抓着金盾棺材，怪叫着吐出一道弧形閃電。

金盾棺材巨大的威力加上雷電，讓布布路看上去如同揮舞着一個帶着閃電效果的流星錘，他幾下便將那些壯碩的「巨人」橫掃出去。

轟隆！轟隆！大地都在晃動！那些「巨人」彷彿天生就會被強者吸引一般，瞬間所有目光都聚集過來，原本圍着房屋的「巨人」們也齊齊掉過頭來，他們折斷樹木當作箭矢，狠狠朝布布路他們投擲過來。

天哪！人海戰術！還是「巨人海」！布布路用力吞了一口唾沫，即便他能把金盾棺材掄得快十倍，恐怕也抵擋不住這樣的攻勢。

「我們的目的是吸引火力，不是正面抗敵！」帝奇的聲音在耳邊響起，布布路轉頭一看，只見巴巴里金獅對着帝奇一聲咆哮，空氣彷彿被聲波壓縮着，直直地推向帝奇。

帝奇雙手併在胸前，雙腳伸直，高速旋轉着衝向「巨人」們，隨着旋轉的速度越來越快，他的身體像彈簧一般蜷縮起來，當帝奇飛到「巨人」堆的正上方時，他全身猛地張開，如同一隻蝙蝠懸停在半空中，無數的飛針、短鏢從斗篷中散出。

暴風驟雨般的暗器射向了「巨人」們，儘管他們有着鎧甲一般的肌肉，但是雷頓家族的暗器可不是肉體所能正面抵擋的，「巨人」們在嗷嗷的怪叫中紛紛跌倒，而後排的「巨人」踩踏着前排「巨人」搭起了天梯，最上面的「巨人」揮動着巨拳毫不猶豫地砸向了半空中的帝奇。

眼看那石頭般沉重的巨拳將擊中帝奇，突然，「巨人」的動作卻明顯減慢下來，帝奇也輕鬆地避了過去。

是賽琳娜！她利用水之牙的能力，使空氣中的水分子全都向她聚集而去，「巨人」們身體裏的水分也在流失，他們的皮膚開始像乾涸的土地般裂開，力氣也瞬間消減了一大半。

「攻擊不要斷，『巨人』們的自癒能力非常強，不能掉以輕心！」助陣四女神的餃子回頭提醒夥伴們。

青龍她們回頭一看，都傻眼了。

　　面對「巨人」們來勢洶洶的攻勢，摩爾本十字基地的幾個年紀輕輕的預備生竟能如此沉着地應戰，與之前和他們對決時判若兩人，這種戰鬥的本能只有在實戰中遭遇強敵時才能被激發出來，安全的擂台比試根本就激發不出這些人的真正實力。

　　「玄武，白虎！用言靈和異獸之王的能力在身後再製造一片沼澤，困住這些受傷的『巨人』！」在餃子的提醒下，玄武和白虎利用疊加技能隔離出一片安全區，局面暫時得到了控制。

嗨，親愛的讀者，對於怪物大師預備生們平日最愛刷的卡，你了解多少呢？現在快拿起筆，小測驗的時間到了！

怪物卡知識點小測驗

判斷題，認為正確請打✓，認為錯誤請打✗。

成年後的怪物可以不用待在怪物卡中。

( )

答案在本頁底部，答對得 10 分，你答對了嗎？

解析：成年後的怪物可以自行選擇是否要待在怪物卡中，所以這題的答案是正確的。

■即時話題■

布布路：哇，尼科洛斯居然能開口說人話了，真厲害！牠現在的等級應該和尼科爾院長的科森翼龍差不多了吧？

泰明（尼科洛斯）：尼科洛斯在戰鬥經驗上和科森翼龍還是有相當大的差距，尼科爾院長年輕時的頂峰狀態，至今還是讓我望塵莫及。上次白鷺將我帶回摩爾本十字基地的時候，我和尼科爾院長見過面，他給了我一些建議。成年後的怪物在認知和理解力上都會有長足的進步，只要願意花費時間通過心電感應就能教授怪物人類語言，不過不同怪物的語言學習能力不同，科森翼龍是屬於容易教授的，也有些怪物恐怕一輩子都教不會。之後，我進行了嘗試，發現尼科洛斯也很快學會了人類的基本語言，我最近開始教牠較為複雜的俚語了。

布布路：那我也可以教四不像講話嘍？

四不像：布魯，布魯布魯……

黑鷺：雖然聽不懂這隻醜八怪怪物在叫甚麼，但我覺得牠表達的不屑情緒還是很明顯的。我看，你就放棄吧！

白鷺：黑鷺，注意在預備生們面前控制你的面部表情，那種「我都沒能讓金剛狼開口說人話，你就別妄想了」的想法太明顯了！

黑鷺：喂喂喂，老哥你幹嗎拆我台啊！

完成這個測試後，可以判定自己對於怪物卡知識點是否瞭如指掌。
測試答案就在第二十部的 243 頁，不要錯過喲！

新世界冒險奇談
第十五站 STEP.15

隱藏在落霞村裏的祕密
MONSTER MASTER 20

天乙的騙局

　　另一邊，餃子和藤條妖妖搬開坍塌的碎石和磚塊，找到了被壓得奄奄一息的天乙。

　　「委員長！」朱雀撲過去抓住天乙的肩膀，急聲呼喊。

　　餃子額頭的天目突然不安地抽搐了兩下，一種異樣的感覺從心頭升起，餃子警惕地喃喃道：「有甚麼地方不太對勁……」

　　「當然不對勁！他都快死了！」朱雀的眼淚止不住地流了下來。

「不用擔心⋯⋯」氣若游絲的天乙委員長安慰朱雀，「你把他們叫過來，趁着我還有最後一口氣，趕緊叫他們過來，我得⋯⋯咳咳⋯⋯」話沒說完，天乙委員長劇烈地咳嗽起來。

「快！你們快過來！尤其是你——布布路！快把初版閃鑽卡給委員長拿過來！」朱雀再也忍不住了，大聲喊道。

大夥兒見一時半會「巨人」們無法突破防線，便一一撤回委員長身邊。

「請您務必好好休息，這裏交給我們就行了，我們拼上性命也會護您周全！」青龍滿含淚水地對天乙說道。

天乙感激地看了一眼青龍，又環視了一下眾人，緩慢而鄭重地說道：「這一劫我恐怕是過不去了⋯⋯咳咳⋯⋯但是我必須告訴你們初版閃鑽卡的祕密，至少你們日後能告訴世人真相，還我和整個科研部門一個清白，咳咳⋯⋯」

布布路心生憐憫，一時之間忘了雙子導師的叮囑，從懷裏將初版閃鑽卡掏了出來。

眼見天乙開始準備交代身後事了，大家不由得悲從中來，四女神更是傷心欲絕地哭泣起來。餃子三人原想阻止布布路，也不由得遲疑了。

「布魯！」隨着一聲中氣十足的怪叫，這凝重的氣氛完全被打破了。四不像不知道從哪兒跳了出來，齜牙咧嘴地搶走了即將被交到天乙手中的初版閃鑽卡。

奄奄一息的天乙看着馬上就要到手的初版閃鑽卡就這樣被四不像搶走了，竟然彈坐了起來，本能地伸手去搶，可四不

像卻眼疾手快地收回爪子，迅捷地跳開了，而且牠似乎很生氣，張開大嘴，轟然吐出一道雷光，直劈向天乙！

所有人都驚呆了，重傷的天乙如何經得起四不像這一擊？

然而，出乎意料的事情發生了！紫色的雷光觸碰到天乙的瞬間，天乙的身體如同被扎破的氣球一般，嗖地縮小了，並且越變越小，最後竟然在大夥兒的眼皮底下直接消失不見了！

雷光擊中地面，地面頓時變得焦黑如炭，天乙卻不見了人影。

天乙再出現時，不僅避過了雷擊，還從四不像身後奪走了牠爪中的初版閃鑽卡。

吉星符與四靈神

天乙低頭睥睨着四不像，周身銳氣湧動，雖然不發一言，卻氣勢逼人，令人望而生畏，與剛剛氣若游絲的模樣判若兩人。

在坍塌的廢墟中守着一片虛影的八個預備生如夢初醒般：很顯然，天乙根本沒有被坍塌的房屋壓傷，蟻螻的慘叫只是想誘騙他們進入落霞村而已，他真正的目的是要得到初版閃鑽卡！

「布魯布魯！」四不像被擺了一道，怒不可遏地拱起了背，喉嚨深處發出狂躁的低吟聲，一串劈啪作響的雷光球再次鎖定了天乙，蓄勢待發。

「真是礙事的傢伙！」天乙一改平日平靜淡然的表情，眼中

閃過一絲陰鷙，從衣襟中掏出一個造型特別的小石片。

「咦，那不是『吉星符』上的鼎嗎？」布布路敏銳地發現那個小石片不論是輪廓還是大小，都和「吉星符」上的浮雕一模一樣。

「怎麼會？委員長手中怎麼會有吉星符上的部件？」朱雀大惑不解地驚呼道。

「對啊，我們從中土堂遺址來落霞村時，這片浮雕明明還在……」布布路也面露困惑。

「而且吉星符的位置除了我們四人誰也不知道，沒有地圖連我們自己都會迷路……」白虎說着說着頓住了，似乎想到了甚麼。

「這還不簡單嗎？委員長大人可不是

那麼簡單的角色，看他剛剛的技能就知道了，被拘禁恐怕只是苦肉計，一方面順理成章地讓弭特成為惡人，另一方面引四女神從密道前往落霞村，從而探知吉星符的下落，可謂一石二鳥。」帝奇面色冷峻地說。

四女神心中一沉，猛然回想起來：當時在中土堂的遺址中，布布路的反應沒錯，的確有人在他們身邊。

「天乙委員長，這究竟是怎麼回事？」青龍大聲向天乙求證，仍然不敢相信天乙會欺騙她們。

而天乙淡定地躲開了四不像如同機關槍般不斷射來的雷光球，冷冷地答道：「賞金王家族的小子說得沒錯，一切都早有安排！我利用蟻蠊攜帶着科研所發明的微型傳送光柱儀器，跟着你們潛入了四神基地地下的中土堂遺址，當傳送光柱投射到

吉星符上時，我即使身在此處，也能輕鬆伸手拿走上面的鼎形吊墜，這一切的目的都是⋯⋯」

天乙刻意沒把話說完，而是雙手夾起那張初版閃鑽卡，口中唸唸有詞，卡上金色的光團從他的指縫向空中溢散而出。

與此同時，從四神基地的方向，驀然傳來一聲響徹天地的嘯鳴。

「嗷──」

那聲音氣勢雄渾，震得大地隨之劇烈搖撼。

隨着一道刺目的朱紅色光芒的出現，一團巨大的身影衝天而起，那是一隻仙氣繚繞的巨怪，巨怪長着炯炯有神的金色虎眼、如熊熊烈焰般的赤色麟羽、鋼鞭般強韌的黑色長尾和一對尖銳凌厲的青色龍角！

布布路四人目瞪口呆，這個巨怪結合了四神的形象，難道剛剛天乙召喚的是 —— 傳說中的「四靈神」？！

　　四女神又驚又疑，白虎脫口而出：「不對啊，這個巨怪怎麼跟我小時候看過的《家族編年史》中畫的『四靈神』不太像啊……」

雷雨的洗禮

　　風雲陡轉，原本晴朗的天空開始累積起厚厚的烏雲，如海洋中的波濤般翻湧着，越積越厚⋯⋯

　　天空彷彿在下墜，烏雲堆積成一團一團奇異的形狀，最終孕育出一大片遮天蔽日的乳狀雲，那猶如末日般令人顫慄的美感，彷彿昭示着即將到來的極端惡劣天氣所蘊含着的毀滅性力量。

　　巨怪抖動着身體，展開巨大的麟翅，每一片麟羽都在以肉眼看不到的速度震動，其中逸散出強大的雷電能量牽動着烏雲中的電荷，引發了天際無邊的電閃雷鳴。

　　轟隆隆！幾分鐘前還萬里無雲的碧藍天空，響起了驚天動地的炸雷，傾盆大雨瞬息而至。

　　巨怪迎着暴雨振翅飛撲，如離弦之箭一般射入雲霄，化為落霞村上空的一個小黑點。而牠途經之處，空氣就像被抽空了一般，四周的烏雲迅速地朝牠留下的路徑聚攏。

　　在八個預備生震驚的目光中，空中的巨怪在沉睡千年之後再次發出了一聲久違的震天怒吼，那響徹天際的咆哮，彷彿在宣告牠無上的威嚴與絕對的力量！

　　「嗷——」

　　巨吼的聲波如磅礴的颶風一般朝四面八方席捲開來，漫天的暴雨還沒滴落到巨怪身上就被聲波氣牆彈開。猝不及防的巨怪周身形成了一個向外急速擴展的聲波巨球，最外層的氣牆推動着雨水，急速擴張，離地面越來越近，那範圍幾乎覆蓋了整

個落霞村!

八個預備生仰着頭,在地面完完整整地看到了這一幕奇景,賽琳娜想要召喚水精靈已經來不及了,眼見避無可避,大家都繃緊身體、握緊拳頭,準備正面迎接這波氣浪!

布布路將金盾棺材深深地插在泥土中,作為固定身體的支柱,擋在其他人前面。

儘管大家都做好了心理準備,但當聲波氣浪衝擊而來的那一瞬間,所有人的五臟六腑還是劇烈地震盪了起來,身體疼得彷彿將被撕裂一樣,大量分泌的腎上腺素讓大家一陣眩暈!

衝擊波過後,大家身上的積水全都被帶走,好像剛剛一滴雨都沒有下過。所有人都難以置信地站在原地互看着對方,摸着自己乾燥的頭髮和衣服,一臉的不可思議。

就在大家還在暗暗驚歎時,瀑布般的暴雨裏挾着紫色的雷電再次從天而降,彷彿剛剛的一切只是一場錯覺。

密集的閃電和驚雷將大樹攔腰折斷,將石牆轟然擊塌,將房屋炸成廢墟,落霞村頃刻間化作迷霧中的泥澤。

剛剛還在往村外擠的不可一世的「巨人」們,全都被暴雨瞇了眼睛,一時之間找不到方向。

布布路他們的視線也被瓢潑大雨遮住,聽覺被雷聲干擾,身體更是被疾風吹得搖擺不定,一時間,唯有那個巨怪才是天地間唯一的主宰。

「布魯布魯!」突然間,轟鳴的雷雨聲中傳出四不像暴怒的狂叫聲。

布布路費力地睜大眼睛，透過厚重的雨幕，他看到巨怪正在四不像頭頂盤旋，而四不像不安分地跳來跳去，全身的鐵鏽色雜毛全部豎起，齜出鋒利的尖牙，挑釁般地盯着巨怪，絲毫沒有畏懼的樣子。

面對強大的對手，四不像毫不示弱。但是巨怪可不吃這一套，牠傲慢地朝四不像的方向甩出前爪，數道電光從四周的烏雲中劈里啪啦地躥出，像一條條狂怒的蛇，瞬間就纏上了四不像，雖然雷電並不能真正傷害四不像，但是卻將牠牢牢地困在其中，讓牠寸步難移。

空村駭洞

巨怪的雷電威力比四不像的十字落雷強了不知道多少倍，

在如此強大霸氣的巨怪面前，幾個預備生只覺得自己就像面對大象的螞蟻般渺小。

　　不過，那巨怪在將那些「巨人」的暴走制止住後，就饒有興致地將注意力全都放到四不像身上，像戲弄老鼠的大貓一般，將四不像困在有限的區域內，一會兒用巨爪撩撥兩下，一會兒又用雷電刺激幾下，四不像被耍得團團轉，狂躁地叫個不停。

　　「天乙委員長，您到底想要幹甚麼？」青龍面色蒼白地質問泰然自若的天乙。

「你們還不夠成熟，需要更廣闊的視野……」天乙發出一聲輕嗤，訓斥道，「眼前巨獸的強大，導致你們將所有的注意力都集中到了牠身上，難道你們就沒發現周圍有甚麼不對勁的地方嗎？」

甚麼意思？八個預備生將注意力從巨怪身上移開，發現狂雷颶風暴雨洗禮後的落霞村幾乎面目全非，不僅所有的房屋都坍塌嚴重，地面上竟也露出了一個個塌陷的坑洞。

沒了毒酸的氣味，一股熟悉的異香悄然鑽入布布路的鼻孔，他不舒服地揉揉鼻子，一個箭步跳到最近的一個坑洞前，探頭向下看去，洞中的恐怖情景頓時令布布路大驚失色 ——

坑洞底部竟然蜷縮着幾個巨大而扭曲的人，從衣着來看，那應該是早已被疏散的落霞村的村民，可是此時，這些村民的身體也呈現出膨大的巨人形態！

但跟預備生異變成的巨人不一樣，這幾個村民的身體雖然變大了，渾身卻不停地抽搐，暴脹的肌肉和骨骼因為無法同步而相互撕裂，發出毛骨悚然的咔吧咔吧聲，他們的臉上也毫無血色，上下頜死死地緊扣着，幾乎要將牙齒咬碎。

「這邊的地下也有落霞村的村民！可是他們……」在不遠處的另外幾個坑洞中，餃子他們也陸續發現了一些村民。

這些村民大多數都呈現出極其不健康的巨人外觀，其中還有一些年邁和體弱的村民並沒有異變，也許是因為他們的身體無法承受巨大的負荷，他們乾硬而灰黃的身體因為極度的痛苦而佝僂成一團，嘴巴因為缺氧而大張着，喉嚨裏發出有如破損

扇葉轉動時的呼嚕聲，呼吸彷彿隨時都有可能停止。

　　落霞村的村民不是已經被弭特撤離了嗎？怎麼會出現在村落的地底下？而且他們的身體為甚麼會跟使用了閃鑽卡的預備生一樣變異呢？大夥兒吃驚而警惕地看着彼此，意識到事情另有玄機，比起巨人化的預備生們，這些村民更像是異變失敗的半成品。

　　「也許早在落霞村封路時，這些人就淪為了實驗品……」餃子脫口而出猜測道，他並沒有任何根據，甚至連自己都不敢相信，但大家都覺得似乎合情合理。

　　這些村民都是普通的平民，既沒有怪物更沒有機會使用閃鑽卡，也就是說，巨人化的變異跟閃鑽卡沒有直接關係，難道天乙真的是被冤枉的嗎？望着蜷縮在落霞村地下坑洞裏痛苦不堪的村民們，八個預備生內心震驚無比，同時也冒出了一個大大的問號：天乙究竟是敵還是友？

　　就在布布路八人滿腹疑問的時候，一黑一白兩個人影悄無聲息地出現在他們身後，是雙子導師、巨鷹尼科洛斯和牠背上魚缸裏的小刺魨泰明導師，他們都警惕地凝視着天乙。

新世界冒險奇談
第十六站 STEP.16

四靈神的原罪
MONSTER MASTER 20

罪惡的源頭

「你們終於來了⋯⋯」朱雀一看到雙子導師，就心急火燎地問，「你們不是去基地裏解救巨人化的預備生了嗎？事情怎麼會變成這個樣子？」

其他人也都盼着雙子導師能解答他們心中的疑惑。

黑鷺的表情異常沉重，短歎了一聲後，答道：「我們剛到四神基地，還沒見到弭特，巨人化的預備生就衝破了宿舍樓的禁錮，四神基地一片混亂之際，四靈神竟然破土而出，這件事非

同小可，我們只好趕緊追了過來。」

「看來召喚出四靈神的人就是您了，天乙委員長。」尼科洛斯停棲在黑鷺肩頭，向天乙傳達出泰明導師的疑問，「天乙委員長，多謝您提醒，這幾個孩子發現了被困的村民，不過，您盜取吉星符、召喚出四靈神的目的肯定不止於此吧？」

「呵呵，看來管理協會派了不少高手來調查我啊。」天乙自嘲地笑了笑，目光幽深地看了一眼小刺魨，正色道，「我知道你們在找甚麼人，可惜，你們要找的那個人並不是我。」

白鷺平靜地望着天乙，回應道：「那麼您打算如何證明自己不是我們要找的那個人呢？」

天乙昂首闊步地走到一個坑洞前說：「口說無憑，你們跟我到這些坑洞下一看便知。」

說完，天乙縱身跳下了坑洞，雙子導師攜泰明導師緊隨其後，布布路四人和四女神也好奇地跟了上去。

跳下坑洞後，大夥兒才更清楚地看到，落霞村的地下早已被挖空，失蹤的村民全都橫七豎八地癱在坑洞裏，除了老弱病殘的村民外，其他村民都呈現出變形的巨人外觀。

坑洞內到處都是恐怖的呻吟聲，空氣裏充斥着腐爛的惡臭氣味，而在這股惡臭的氣味中，隱隱傳來一股熟悉的異香，這香味詭譎無比，讓人心煩意亂。

「這是甚麼味啊？」白虎彷彿被吸引了一般，用力地吸着氣。

「哇，我想起來了！」布布路的鼻子厭惡地聳動着，後知後覺地想起來了，「是彩虹草的香味！」

四女神大吃一驚，彩虹草可是早已絕跡的夢幻調味料，怎麼會出現在落霞村的坑洞中？（詳見《怪物大師‧世界之巔的死亡珍獸宴》）

　　帝奇走到一個巨人化的村民旁邊，用兩根手指抵住對方的下頜，令對方張開嘴，在那張腥臭變形的巨大嘴巴裏，塞滿了被嚼碎的葉片，這些葉片上全都閃爍着七色光斑。

　　「看來，這些村民是因為食用了彩虹草，才發生了巨人化的變異，不過……」餃子若有所思地沉吟道，「這些彩虹草跟我們之前見過的不太一樣，它們的脈絡更為纖細，應該也是經過了人工淬煉和改良的新品種。」

　　「你們連彩虹草都見過？」朱雀捏着鼻子，用看怪物般的眼神看着布布路他們。

「我們曾在極樂園中爬上彩虹草的七色根莖，採摘彩虹翅果，那種致命的誘惑是沒有生物可以抵抗的，但真正能結出彩虹翅果的彩虹草已經絕跡了，他們很可能是將彩虹草的根莖、葉子和某種煉金術藥劑一同淬煉，偷偷加在食物中，村民們在彩虹草異香的誘惑下不知不覺大量食用了藥劑，從而產生了變異。」賽琳娜冷靜地分析道，「回想起來，四神基地的預備生之所以發生變異，很可能是因為昨天的晚餐和今天的早餐也被人偷偷加入了這種含有彩虹草的藥劑。我們八個因為被罰站了一夜，錯過了晚餐和早餐，才逃過一劫。」

看來餃子之前的直覺沒有錯，巨人化和閃鑽卡無關，而是食用彩虹草導致的！

布布路四人暗暗交換着眼神，在那段隱藏在幽靈島的黑

暗歷史中，人類正是利用彩虹草，導致巨人將侏儒視作美味佳餚，引發了巨人族和侏儒族之間的滅族之戰。而現在，竟然有人用彩虹草讓人類異變成了巨人，這兩件事會不會有甚麼關聯？

四女神看向天乙的目光不再有嫌棄，而是恢復了崇敬之情。

「天乙委員長果真是被人冤枉的！」青龍長呼了一口氣，隨即再次皺起眉頭，眼中閃過一絲怒意，「究竟是誰在暗中作祟，將彩虹草添加在基地裏和落霞村村民的食物中的？」

白虎、朱雀和玄武也默默攢緊拳頭，迫不及待想要揪出那個卑鄙的幕後黑手！

「恐怕現在還不能排除天乙委員長的嫌疑。」白鷺不客氣地向四女神潑了一盆冷水，他眯起眼睛，冷冷地注視着天乙

說，「如果您是我們要找的那個人的話，這一切就有可能是您為了保住自己的地位而自導自演的，畢竟，您剛剛不惜在小輩們面前上演苦肉計，不顧一切地召喚出了四靈神。」

「你分明是故意跟天乙委員長過不去！」朱雀氣憤地朝白鷺吼道。

「朱雀，不得無理，」青龍制止了脾氣火爆的朱雀，情真意切地對天乙說，「委員長，我們相識多年，一直承蒙您的照顧，也信任您的為人，但您盜取吉星符和擅自召喚四靈神，我們實在無法理解，但我們仍然相信您，希望您能將真相全部告訴我們，這樣我們才能想辦法一起解決問題！」

「我遇到的問題，恐怕不是以你們的能力解決得了的。」天乙的臉上再次浮現出嘲弄的笑容，輕聲低吟道，「青龍，我很

感謝你們對我的信任，但是我必須糾正你一下，我並非擅自盜取吉星符以召喚四靈神，那隻巨怪原本就是屬於我們乙家族的怪物——白麒麟！」

蒙冤的家族歷史

　　天乙深邃的目光似乎是在凝視着眾人，又彷彿穿透了眾人，看向了遙遠的時空，他語調幽沉地訴說起那段塵封已久的往事——

　　那時，琉方大陸的崑崙區還是一片混沌初開、魔怪橫行的土地。

　　那也是人類剛剛學會與怪物締結契約的時代，《怪物圖鑒》上那些名字如雷貫耳的珍禽異獸，多半是在那個時候被召喚到藍星的，白麒麟就是其中最負盛名的神獸之一。

　　和其他神獸相比，白麒麟當屬異類，據説牠掌控着四大元素之外的一種極其強大而神祕的力量——雷電，這種純粹至剛至陽之力，也是所有魔物的剋星。

　　而將白麒麟召喚到藍星的人，正是乙家族的祖先，中土堂的最初創立者。當時怪物卡還沒有被發明出來，怪物往往寄宿在帶有某種感情聯繫的貼身信物，比如泰坦之心的力量棲息在戒指之中，而白麒麟棲息在了乙家族的鼎形吊墜之中。

　　乙家族是中土堂最大的家族，以為百姓開創一片安居樂業

的家園為己任，他們借助着白麒麟的力量，對抗盤踞在崑崙區的大量魔怪和妖獸。最初成果非常顯著，百姓不斷遷入，農田大片開墾，房屋拔地而起，蒙昧的崑崙區煥發出勃勃生機。

但魔怪的清理沒有那麼容易，不僅要提防妖異之獸捲土重來，而且在和白麒麟的對抗過程中，這些魔怪自身的力量也在不斷滋長，變本加厲地騷擾人類。漸漸地，僅憑乙家族和白麒麟的力量，僅能勉強維護現有區域的安全，無力再繼續向外拓展。

中土堂的其他家族對此非常擔憂，不斷增長的人口會加重土地的負擔，要尋求長久的繁榮和可持續發展，就必須獲得更大的生存空間。可如今，大家被困在這片小小的土地上，就像參天大樹被困在花盆裏，根本不能施展出全部的才能。

當乙家族為了清理魔怪而奔波勞碌的時候，中土堂另外的四大家族正蠢蠢欲動。他們曾經是乙家族的追隨者，多次輔佐乙家族和白麒麟剿滅魔怪，對於人類與怪物締結契約這件事有了不俗的認識，他們也渴望能像乙家族一樣，靠自身的力量召喚出屬於自己家族的怪物，與白麒麟一起對抗魔怪。

可是，四大家族跟乙家族提起這件事時，卻遭到乙家族的反對。四大家族因此跟乙家族產生了嫌隙，他們認為，乙家族是害怕新怪物的到來，會改變自己一家獨大的地位。

乙家族的人將全部重心都放在保衛崑崙區的安全上，疏忽了和四大家族的溝通和解釋，導致四大家族對乙家族的誤解越來越深。

不久之後，四大家族不顧乙家族的反對，擅自啟動了召喚怪物的儀式，然而，急功近利的他們在召喚的過程中，遭到了魔怪的干擾，召喚出了四隻受到魔怪同化的怪物——蚼褫、窮奇、鴆梟、鬼蜮。

　　其中蚼褫是全身白色的劇毒長蛇，窮奇是外形似虎的凶獸，鴆梟是陰毒的怪鳥，鬼蜮則是力大無窮的巨鱉。這些被魔怪同化的怪物無法和召喚者建立心靈契約，更無法被送回怪物星球，牠們心中只有無邊的憤怒和無盡的黑暗，將崑崙區攪得天翻地覆，生靈塗炭。

　　直到這時四大家族的人才明白，乙家族之所以反對他們召喚怪物，是因為崑崙區周圍的土地上妖魔叢生，在與混沌之樹進行聯結的時候，這些妖魔之氣隨時會乘虛而入，四大家族的人還沒有磨礪出足夠強韌的意志，很容易在召喚怪物

的時候被妖魔侵體，釀成災難。

　　四大家族一意孤行釀成的惡果，只能靠乙家族和白麒麟來力挽狂瀾。乙家族傾其全族之力，最終將白麒麟的力量一分為四，注入到四怪體內，將侵入牠們的妖魔之氣徹底淨

化，將其重塑成四頭靈獸。

在乙家族的幫助下，四大家族的首領終於和四頭靈獸締結了人與怪物的心靈契約，他們帶領四靈獸，各自堅守一方，與橫行在崑崙區的魔怪英勇戰鬥，開疆拓土，希望能彌補自己的罪過。

然而，白麒麟卻慢慢表現出狂躁和殘暴的跡象，原來，在淨化四靈獸時，白麒麟自身被妖魔之氣悄悄侵入了。牠的意識一點一點地被妖魔之氣侵蝕，直到吞噬殆盡……某天夜晚，白麒麟黑化成一隻足以令天地色變的凶煞之獸，就連乙家族的族長也不幸死在牠的利爪之下。

四大家族聞訊趕來，但為時已晚，乙家族為了阻止凶煞之獸，幾乎慘遭滅門，只剩下一些老弱婦孺。

在這樣的危局之下，四大家族帶領四靈獸與凶煞之獸奮戰了五天五夜，終於將之制伏。

至此，中土堂最強大的乙家族銷聲匿跡，鎮壓了凶煞之獸的四大家族卻聲名大噪。四大家族並未糾正人們對凶煞之獸的誤會，而是將錯就錯，藉此確立了四神家族不可撼動的地位，四神家族從此登上崑崙區歷史的舞台，成了拯救黎民蒼生的英雄。

對於該如何處置被制伏的白麒麟，四大家族思考了很久，白麒麟雖然墮落了，但牠畢竟是四靈獸的再造者，四靈獸的神力和白麒麟有着千絲萬縷的聯繫，直接殺死白麒麟，定然會對四靈獸產生不可預估的傷害。最後，四大家族決定將白麒

麟的力量封印到中土堂的聖物「吉星符」內。

　　四靈獸繼承了白麒麟的力量，並不斷地發揚光大。後來創建了四神基地，把崑崙區建設成藍星最富饒的土地之一，最終成為一方豪強。

　　可是隨着白麒麟被封印的時間越長，四靈獸的力量開始變得越來越衰弱了，曾經縱橫藍星的四神基地逐漸走向沒落⋯⋯

這是成為怪物大師的必經之路！！！

你了解多少呢？現在快拿起筆，小測驗的時間到了！

嗨，親愛的讀者，對於怪物大師預備生們平日最愛刷的卡，

怪物卡知識點小測驗

判斷題，認為正確請打✓，認為錯誤請打✗。

Q08

最初來到藍星的始祖怪都不需要怪物卡。

（　　　　）

答案在本頁底部，答對得10分，你答對了嗎？

解析：最初來到藍星的始祖怪都是自行撕裂空間，並非受到人類的心靈召喚，牠們的能力無比強大，完全是稱霸藍星。另外，那個時代也沒有怪物卡的存在。

■即時話題■

餃子：我要來科普一下，彩虹草百年一開花，百年一結果，真正用來制作夢幻調味料的原材料並不是彩虹草本身，而是它的果實——彩虹翅果！那奇異的氣味真是……任何人都會被吸引。

青龍：你們知道得真詳細，我現在覺得那些報紙上爆料的機密任務都是真實的吧？你們的確是去過了那些地方，也遇見了那些人，還做了那些事。

布布路：對……（被餃子捂嘴巴）

餃子：這事你可以有自己的想法，但讓我們來承認或者否認就不適合了，對吧？

青龍：抱歉，是我失言了。

朱雀：青龍，你為甚麼道歉？他們做了就做了，沒做就沒做，打甚麼啞謎啊？

青龍：這個問題我稍後會和你解釋，現在你不要講話了。摩爾本十字基地的各位，抱歉，朱雀的個性比較耿直。

餃子：我們不在意啦，因為我們已經習慣某個耿直的單細胞生物了。

布布路：是說我嗎？

朱雀：是把我和他畫等號嗎？

嘩——之後的場面有些混亂……

完成這個測試後，可以判定自己對於怪物卡知識點是否瞭如指掌。
測試答案就在第二十部的243頁，不要錯過喲！

新世界冒險奇談
第十七站 STEP.17

巨人的復仇
MONSTER MASTER 20

悄然啟動的煉金陣

　　結束了講述之後，天乙輕輕拉下衣領，在他的右側胸口上，赫然印着一個和吉星符上的鼎一模一樣的紋身。

　　「這個鼎是我們乙家族的家徽，它象徵着分享和共榮的家族理念，」天乙神情苦澀地說，「然而，秉持着這樣的理念的我的祖先們，卻這樣背負着世人的誤解，屈辱地被塵封在黑暗的歷史之中，人們享受着他們用生命換來的恩澤，卻連他們的姓名和存在都不知道。」

　　天乙的一席話在眾人心中掀起了驚濤駭浪，四女神愕然僵立，如果天乙說的是真的，她們引以為傲的家族榮耀將蕩然無存，她們所敬仰的祖先也成了欺世盜名行徑卑劣之輩！甚至她們以為是家族祕寶的吉星符也不過是掩飾罪惡的遮羞布。

　　「但是我想您的祖先一定不後悔他們的選擇！他們無愧於自己，無愧於中土堂，更用自己的犧牲拯救了眾多的生命！他們選擇的是心中的大義！我想，您的心中也一定以他們為榮，不是嗎？」

　　一陣令人窒息的靜默之中，布布路的聲音聽來異常響亮。

　　「呵呵，」天乙抬眼看向布布路，「你這個孩子真是不可思議，看起來不諳世事，偶爾說出來的話卻直擊人心。」

　　「你說得對，我雖然想過借助閃鑽卡的力量破除吉星符的封印召喚出白麒麟，洗刷家族的屈辱，恢復家族的榮耀，甚至不惜將四神家族千百年來創建的秩序全部推翻，但實際上我並沒有這麼做。」天乙理了理衣襟，眉間皺起深深的溝壑。

　　「你們看到的這一切都只是情勢所迫，我原本已經放棄了召喚出祖先的怪物的打算。歷史的真相從來不是所有人都想知道的，人們往往更加相信自己願意相信的歷史，即便是建立在謊言之上的和平，那也是來之不易的，不能將它付之一炬。但這次巨人化的大事件發展超出了我的控制。我來不及採取任何補救措施，就被拘押進落霞村。雖然落霞村的毒酸陣根本奈何不了我，但考慮到是管理協會下令拘押，所以我才不想擅自越獄。於是我用生物電驅動蟻蠊對這座村落進行了探查，結果發

現村民全部受到了異變藥劑的毒害，被棄置在村落的地底下，危在旦夕。那股隱藏在暗處的力量已經悄然出手了！意識到事態緊急，刻不容緩，我只好利用蟻蠊攜帶着微型傳送光柱儀器，跟着你們潛入了四神基地下的中土堂遺址，取走了吉星符上的『鼎』形吊墜，防止它落入別有用心的人的手裏。

「原本我想如法炮製取回初版閃鑽卡，可惜生物電驅動蟻蠊受到了時間和距離等條件的約束，而無法繼續跟到第 13 號分部。幸好你們幾個預備生比我想像中更出色地完成了任務，我一方面為你們的出色表現感到欣慰，另一方面也很擔心持有初版閃鑽卡會使你們成為敵人的攻擊目標，最關鍵的是我不確定自己是否被人監視，只能示弱假裝身受重傷來使敵人放鬆警惕。

「後來大批巨人化的預備生來襲，一旦他們衝破落霞村，就會有更多的人變異成巨人，更多人的生命被玩弄於股掌。我沒時間對你們循循善誘了，只有拿到初版閃鑽卡，才能平息這一切。而四不像的攪局讓局面一下子陷入混亂中，爭分奪秒之際，容不得我多想，只能靠武力搶奪，召喚出白麒麟才有可能控制局面……」

至此，大家終於明白了天乙所做的一切的原委。想到天乙作為委員長一路以來背負的屈辱和壓力，四女神不由得心生感慨，天乙委員長果然是個隱忍大度之人。

「雖然中間發生了很多誤會，但至少結果還是好的啊！」布布路咧開嘴，神采奕奕地說，「天乙委員長成功召喚出白麒

麟，制伏了失控的『巨人』們，接下來，我們只要將這些『巨人』圍困在落霞村內，等待管理協會派人來處理就好啦！」

「事情要是有你想的那麼簡單就好了！」餃子無奈地拍拍天真兒童布布路的肩膀，朝雙子導師的方向揚了揚頭，低聲說，「既然天乙委員長不是雙子導師要找的那個人，也就是說，那個真正的幕後黑手現在還潛伏在暗處，誰也不知道他接下來會耍甚麼花樣。」

在聆聽天乙的陳述時，雙子導師和泰明導師（小刺魨）的目光一直警覺地四下掃視着，不放過四周的任何風吹草動。

可他們還是疏忽了，就在這十幾分鐘的時間裏，落霞村坍塌的外牆上，不知何時已經被人佈下了一座繁複的煉金陣！

當一道道金光在外牆上驟然亮起時，眾人頭頂上的氣流劇烈翻湧着向外不斷擴散，如同一個巨大的透明的碗將眾人倒扣在內，大家才驚覺已經被囚困在煉金陣中。

不好！

布布路他們對視一眼，只覺得全身被一股無形的力量束縛壓抑着，完全施展不出戰力。

且不說其他怪物，就連叱咤天地間的白麒麟也搧動着翅膀，從天而降，落到了天乙身邊，似乎有些力不從心了。

而更糟糕的是，混濁的天空彷彿突然被一雙無形的巨手撕開了一道缺口，兩個高大強壯的巨人身影浮現而出……

三 人族的卧底

　　布布路他們看清其中一個如火山般傲然挺立的巨大身影時，同時倒吸了一口冷氣，全身的血液都往頭頂沖，那個巨人他們熟悉無比 —— 是索加！

　　「巨人！那是巨人？是傳說中已經滅絕的巨人族嗎？！」四女神大吃一驚，簡直不敢相信自己的眼睛，「他們怎麼會出現在這裏？」

　　餃子三人交換了一個心領神會的眼神，索加的出現，再一次驗證了這整件事和巨人族脫不了關係。

　　布布路按捺不住地朝着索加大喊：「嘿，索加！你們怎麼跑到這兒來了？難道在幕後搗亂的人是你？」

　　四女神臉上的表情從驚愕轉為驚異，聽布布路的語氣，他們和這些只存在於傳說中的巨人族不只見過，甚至打過交道。

　　不過，面對布布路的質疑，索加卻是一臉冷漠，和之前那個雙眼中充滿復仇怒火的索加有些不同，此時的索加顯得更加內斂沉穩。而索加身後站着一個面目剛毅的陌生巨人，露出索加特有的冷酷和仇恨的氣息，他瞥了一眼布布路他們，輕蔑地說：「卑微的人類，看在幽靈島的緣分上，如果你們不管巨人族的閒事，可以放你們一條生路。」

　　他的眼神陰冷，聲音極具壓迫力，令人不寒而慄。看來索加的靈魂已經回到了自己原本的身體裏，而之前他們認識的索加現在是巨人族的兵長卡拉季奇。（詳見《怪物大師‧泯滅的

靈魂碎片》)

　　卡拉季奇掃了一眼地面上千瘡百孔的落霞村，冷冷地說：「不等艾爾默了，我們開始吧！」

　　「是！艾爾默是一個優秀的戰士，知道甚麼時候該做些甚麼。」索加恭敬地點頭示意，喉嚨裏突然發出了一種奇怪的吟唱，那聲音十分低沉厚重，但又分為多個層次，像是地底深淵傳來某種機器忽高忽低的嗡鳴，聽得人一陣頭皮發麻。

　　「索加在幹甚麼啊？」布布路困惑地看向同伴們，但他們也不知道索加和卡拉季奇葫蘆裏賣的甚麼藥。

　　餃子若有所思地沉吟道：「聽卡拉季奇的意思，他們應該還有一個沒趕來的巨人同伴叫『艾爾默』，如果預備生的異變是巨人族所為，難道說巨人艾爾默像以前的卡拉季奇一樣潛藏在某個人類的軀體裏，籌劃了這一切？」

　　「你說得沒錯，那個叫艾爾默的巨人，不，準確地說是擁有巨人靈魂的人類，就是我和黑鷺要找的人——巨人族的臥底。」白鷺目光警惕地看着索加，終於向八個預備生透露了這次機密任務的內容。

　　「我通過一些渠道調查出，那個臥底應該就是曾經的暗部 DK9。」尼科洛斯代替小刺鈍說，「在靈魂被置換進小刺鈍體內、被困於神之塔內的十三年裏，我一直對一些疑點耿耿於懷。比如塔內原本應該石化的長角獸中有一部分復活了，並堅定地保護着神之塔內的石化巨人。在和長角獸的對戰中，我發現牠們身上有許多舊傷口，其中有一類三叉狀的傷口引起了我

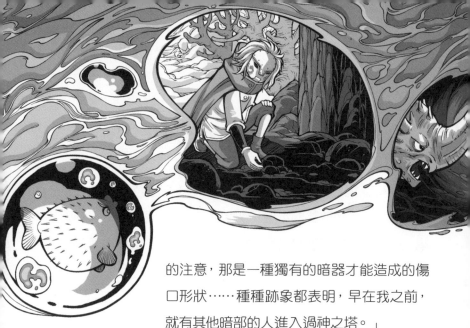

的注意，那是一種獨有的暗器才能造成的傷口形狀……種種跡象都表明，早在我之前，就有其他暗部的人進入過神之塔。」

「不久前，當你們登上幽靈島後，我驚訝地發現，漁民金老大竟然是被置換了靈魂的巨人族兵長，這加重了我內心的擔憂 —— 在我之前登上幽靈島執行任務的黑暗潛行者中，可能也有人被巨人族置換了靈魂。換句話說，暗部裏混入了巨人族的臥底！」

幾個預備生不禁感覺脊背發涼，黑暗潛行者的身份和任務都是絕頂的機密，如果真的有巨人族的臥底潛伏在暗部，替巨人族執行可怕的復仇行動，人類是不可能察覺的。

金色傳送門

通過尼科洛斯之口，布布路他們了解到了泰明導師這段時間的調查成果 ——

泰明深知事情的嚴重性，從幽靈島脫身後，便帶着尼科

洛斯一起展開了調查。通過一些不方便透露的調查手段，他發現，暗部歷次派往幽靈島的黑暗潛行者，要麼沒能找到幽靈島的蹤跡，無功而返，要麼上島後全軍覆沒……最終，泰明的目光鎖定在三十九年前的那次任務上，當時暗部一共派出了五名黑暗潛行者，只有 DK9 一人活着返回，他在任務報告中聲稱，他們還沒有登上幽靈島，就遭遇了變異的海獸攻擊，其他四名黑暗潛行者都不幸罹難了。被 DK9 帶回來的幾具殘破的遺體上，確實都有海獸啃咬的痕跡，所以這份任務報告最終得到了暗部的認可。

　　泰明認為，那四名黑暗潛行者雖然死於海獸的攻擊，卻並不代表他們沒有登上過幽靈島，總之，DK9 是他排查後認為最可能被巨人族置換了靈魂的人。遺憾的是黑暗潛行者的身份不會保存在任何檔案中，只知道從幽靈島回來之後的第三年，DK9 就悄然離開了暗部，不知所終，也有傳聞他在若干年後進入了怪物大師管理協會。

　　而最近幾天被派出去調查管理協會隱藏任務被泄露事件的雙子導師，也從數名嫌疑人中鎖定了最可疑的目標。就這

樣，泰明導師和雙子導師調查的關鍵人物重合了，這個人就是管理協會的三大委員長之一——天乙。

「可惜現在看來，卻找錯人了，真正的臥底還潛伏在暗處，」黑鷺憂心忡忡地說，「這次，對方借着閃鑽卡公開測試的機會，利用彩虹草將大批人類變成巨人，再嫁禍給管理協會的高層，這正是巨人族以其人之道還治其人之身的復仇。」

轟轟轟！

在索加喉頭發出的那陣陣古怪的吟唱聲中，被困在原地的異變「巨人」們再次動了起來，他們像被絲線牽動的巨大木偶一般，機械而緩慢地朝着落霞村的一處外牆下聚攏過去，那片外牆上，煉金陣釋放出的光芒形成了一個有如鏡面般的耀眼平面，遠遠看去，像是一扇巨大的金色之門。

當「巨人」們的身體觸碰到「金門」的瞬間，龐大的身軀化作一團團白光，一個接着一個被吸進了「金門」之中，其中也包括變異後僅能從服裝認出的杜伯安。

「不好！卡拉季奇和索加想用煉金陣把這些變異成巨人的預備生帶走！」布布路急得滿頭大汗。

看到這一幕，眾人恍然明白了巨人族的用意，賽琳娜的臉漲得通紅，顫抖着身體憤怒地說：「幽靈島的巨人族所剩無幾，他們恐怕是想將這些由人類異化而成的巨人收歸己用，當作將來向人類開戰的戰力，這一招簡直是在仿效人類離間巨人族和侏儒族的黑暗歷史。」

「難怪落霞村的村民淪為實驗品又被棄之不顧，他們真正

的目的是身體素質更強的預備生，只有這些人才能成為復興巨人族的寶貴戰鬥力，所以他們才選擇推行閃鑽卡，各大基地都派出預備生參加擂台賽的良機。」餃子背脊發涼地說。

「得阻止他們，不能讓我們的朋友淪為敵人的工具！」朱雀急得直跺腳，偏偏就是施展不出怪物力量。

眾人想要阻止巨人族昭然若揭的屯兵計劃，卻苦於行動受限，他們到底該怎麼辦呢？

新世界冒險奇談

第十八站 STEP.18

驚天動地的激戰
MONSTER MASTER 20

黑 麒麟橫空出世

「要想擺脫現在的困境，有個辦法可以一試！」一直在旁邊靜觀其變的天乙突然開口了。

眾人的目光齊齊落到天乙身上，每個人目光中透露的情感雖然不同，但也有一致的部分 ——

我們可以相信您嗎？

天乙鄭重其事地亮出了手中的初版閃鑽卡，沉聲道：「初版閃鑽卡在設計階段時，我就考慮到，如果預備生和他的怪物

遇到了被限制能力的時候，要怎麼辦？絕對不能讓他們坐以待斃！所以在這種時候，初版閃鑽卡中備份的怪物能力仍是可以使用的！」

說着，天乙的目光落到了布布路身上，誠心誠意地說：「布布路，請讓我借用一下你的怪物的力量，牠的加入將是確保我們戰勝眼前的巨人族的重要因素！」

「你要用到四不像嗎……」布布路猶豫地看了看四不像，牠剛剛還被白麒麟甩出的雷光牢籠給纏得無法動彈，明顯不太喜歡天乙和白麒麟，但此時戰勢危急，不知道牠會不會配合……

「布魯布魯！」聽到四不像的怪叫聲，眾人才驚覺，在所有人和他們的怪物都被煉金陣限制了能力時，這隻醜八怪怪物反而掙脫了雷光牢籠，難道牠不受煉金陣的影響嗎？！

四不像毫不關心周圍人對牠的種種揣測，牠高坐在布布路背後的棺材上，正翻着白眼朝天乙比出挑釁的手勢。

天乙不以為意地笑笑，用手指在閃鑽卡上輕觸兩下，閃鑽卡上瞬間閃現出「鏡之怪」的字樣。

「鏡之怪？」青龍既驚訝又擔心地說，「那是我們四神基地裏一個預備生的怪物，牠能將自己複製成其他怪物的模樣，並使用對方的怪物技能。但俗話說，畫虎畫皮難畫骨，這種複製能力就像水中月一樣不堪一擊，其複製出來的怪物技能強弱，完全取決於鏡之怪自身的能力極限，也就是說，就算四不像能變成白麒麟，牠也只能發揮出不超過自身水平的怪物技能，委

員長這個辦法……」

青龍敬畏地看了看天乙，硬生生將「真的能奏效嗎」的後半句嚥了下去。

說話間，天乙已經飛快地抬起手，一團光球從閃鑽卡中躥出，朝着四不像飛去。

「布魯！」一看到迎面飛來的光球，四不像可絲毫都不客氣，瞪圓銅鈴眼，像看到肉包子一般縱身撲了上去，嗷嗚一口將光球吞入腹中。

還沒等四不像落地，白麒麟用盡全身力氣般猛吸了一口氣，彷彿四周的空氣都被吸空了一般，隨着一聲巨吼，一道天雷毫無預兆地落在四不像身上。

被天雷劈中的四不像好像被禁錮在一個被天雷劈裂的鏡面空間中，那個異常的空間以四不像為中心朝四周開始龜裂。而那道雷光竟然順着那些裂紋，一股腦地順着四不像肚皮上的十字傷疤進入了牠的體內。

鏡面空間的龜裂變得越來越大，最後如同玻璃碎片一般哐啷地從牠四周的空間剝落下來，而四不像竟然露出了享受的表情。

靜默了兩秒後，四不像突然張開嘴，打出一個震天響的大嗝，紫色電光隨着嗝聲沖天而出，以雷霆萬鈞之勢驅散了壓抑着眾人的氣流！一瞬間，大夥兒只覺得一身輕鬆，驚奇地見證着四不像小小的身軀就像被不斷吹起來的氣球一般，慢慢地膨脹變大，鐵鏽紅的毛皮色澤變深，形成暗紅色的鱗甲，肩胛骨

後赫然隆起一對繚繞着詭異黑色火焰的麟羽翅膀，短短醜醜的尾巴也不斷延伸成一根粗壯有力的黑色巨尾，頭頂上更是生出一對黑色的遒勁龍角。

轉眼間，四不像變成了一隻和白麒麟遙相呼應的黑麒麟！

所有人都看得目瞪口呆，四不像不是使用了初版閃鑽卡中「鏡之怪」的複製技能嗎？牠怎麼沒有變成和白麒麟一模一樣的怪物呢？

而且，這隻黑麒麟和白麒麟的區別還不僅僅在於顏色，牠身上那一片片鋼盔般的堅硬鱗片閃着暗黑的光澤，鱗片與鱗片之間還長滿細密的毛刺，看起來比白麒麟更為蠻橫、兇悍。

四不像變身後便揚起猙獰的黝黑獸爪，對着白麒麟的方向張牙舞爪地挑釁，剛剛的雷光牢籠可讓四不像吃了不少苦頭，這會兒牠還記着仇呢。

天乙也十分意外，不明白為甚麼四不像變出來的形態和白麒麟相去甚遠，難道牠還觸發了卡裏的其他怪物的能力？

餃子三人暗暗交換了一個若有所思的眼神，他們想起了另一件往事——之前在時之塚，四不像因為掉入時間裂縫而大變身，當時牠變成的巨獸雖然只露出了一隻爪子，卻和眼前這隻黑麒麟的感覺相似極了。

布布路則是又喜又愁，四不像身上的謎團實在是太多了，他想要駕馭四不像的夢想，難道注定只能是夢想了嗎……

黑白麒麟 vs 兩巨人

　　白麒麟和四不像化成的黑麒麟有如兩座小山，橫亙在落霞村內。

　　「白麒麟，去吧！」在天乙的驅動下，白麒麟發出一聲響徹雲霄的嘶鳴，奮力拍動着巨大的麟羽，向着半空中的索加和卡拉季奇飛去，一路上，巨大的尾翼不斷蓄積着雷電能量，在天空中劃出一道道劈啪作響的紫色電弧。

　　「礙事的傢伙！」索加暴躁地咒罵了一句，停止了那種古怪

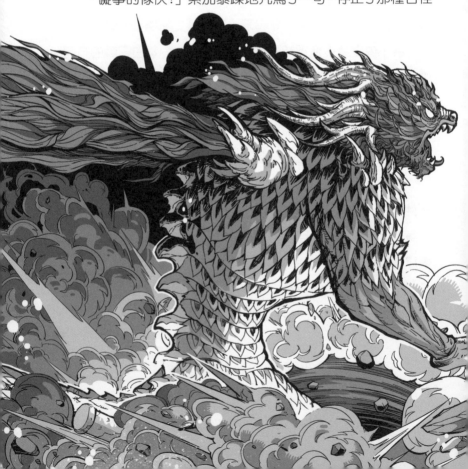

的嗚咽聲，面目猙獰地迎向了飛馳而來的白麒麟。

「嗷──」白麒麟的巨尾因為蓄滿雷電能量而漲得發紅，猶如狂風中的龍捲一般朝着索加劈面抽去。

面對這裏挾着高能雷電的攻擊，索加卻並不躲避。

「哼！」隨着索加的一聲沉悶的吐息，他身體微側，雙腳下沉，右手握拳橫置腰間。

噹的一聲巨響，畫面如同定格了一般──索加的巨拳如同炮彈出膛一般正面迎擊白麒麟！對撞發出的巨響就如同敲擊洪鐘一般！

萬鈞的雷霆之力被壓縮在白麒麟尾巴和索加的巨拳之間，幾近飽和，將天地都暈染成可怕的紫紅色。所有人眼前看到的景象如同現實

與虛幻的交織 —— 天空以白麒麟和索加碰撞點為中心，空間被強大的力量撕扯出了一條條裂縫，裂縫中透出刺眼的強光，讓人根本無法直視。

　　站在地面上觀望的布布路一行人，只覺得眼前一紫一白，隨後這紫色和白色交融在一起，將目力所及的一切都撕裂成一片片跳動的紫白色雪花，再也分不清虛實。

　　數秒之後，籠罩住一切的雷光漸漸暗淡下去，布布路用力揉了揉被刺得生疼的眼睛，當看清半空中的情形時，不禁發出一聲驚呼 —— 正面接下白麒麟進攻的索加，居然毫髮無損，只是略有不適地甩了甩手臂。

　　「連白麒麟的雷電都無法傷到他？巨人的身體簡直如同怪物一般！」白虎驚訝得連聲音都有些發顫了。

　　「你們還沒見過索加的怪物 —— 饕餮呢，絕對令你們望而生畏，」餃子的頭像撥浪鼓一樣四下張望，警惕地說，「不過，饕餮好像沒有跟來，難道是因為他們靈魂互換後，和怪物暫時還無法締結靈魂契約嗎？」

　　「饕餮？」聽到這個有如噩夢般的名字，四女神眼中的駭然已經無法用語言來形容了。

　　「四不像，加油啊！」布布路握緊拳頭，看向了落霞村的另一頭。

　　四不像化身而成的黑麒麟，與白麒麟的進攻方式不同，一頭扎進前方的積雨雲中，失去了蹤影。

　　積雨雲層裏電閃雷鳴，傳出忽遠忽近的「嗡 —— 嗡 ——」

聲，像巨型物體疾馳掠過的聲響。四不像一邊擾亂着卡拉季奇的視聽，一邊伺機偷襲。

卡拉季奇閉上雙目，用身體感受着周圍氣流的細微變化。

突然，卡拉季奇身後的雲層中一個巨大的黑影如同閃電般躍出，準備一擊制勝！可令人吃驚的是，卡拉季奇連頭都沒回，只是側了側身子，就精確地避開了身後的偷襲。

僅僅通過空氣中細微的震動變化，他就能察覺到敵人的進攻，這可是在無數次的殘酷戰爭中累積起來的一種比快更快的實戰直覺 —— 知先！

餃子在和阿不思關於武學的討論中，多次聊到過這個境界，可沒想到第一次遇到的有這樣境界的高手竟然是巨人！

說時遲，那時快，四不像已經和卡拉季奇纏鬥在了一起。卡拉季奇的巨人身軀，曾經被索加所用，其身軀的堅硬和強悍，布布路他們早已見識過，而此時，人體和靈魂終於合二為一的卡拉季奇爆發出無可匹敵的力量和速度！

卡拉季奇抬起有如參天古樹般的巨腿，凌空掃向四不像，他攻擊掠過之地，疾風般的氣流將遍地坍塌的瓦礫和土石全都翻攪出數十米遠。

四不像巨大的銅鈴眼驟然收縮，雷電在牠豎起的鱗片間跳躍閃爍，猶如在鱗鎧上鍍了一層紫色的電膜，這層電膜恰到好處地化解了卡拉季奇的攻擊。

四不像掉頭積蓄起力量，準備向卡拉季奇發起下一輪進攻。牠雖然控制着巨獸一般的身體，行動卻像一隻迅捷的貓。

數道雷光在牠的雙爪之間遊走，凡是被牠的下肢和巨尾拖蹭過的地方，全都留下了一道道燒黑的焦痕，加之高速移動的殘影，給人一種腳踏雷光的錯覺。

黑白麒麟和兩巨人的戰鬥，一時間令天地色變，小小的落霞村根本無法讓他們肆意施展，很快，他們纏鬥的身影就游離出落霞村的地界，只在布布路他們的耳畔留下不絕於耳的轟鳴和爆裂聲⋯⋯

八個預備生 vs 異化巨人

　　黑白麒麟和兩巨人的戰場逐漸遠離了落霞村，布布路他們終於從天崩地裂般的震盪和轟鳴中回過神來。

　　雖然索加和卡拉季奇被拖住了腳步，但異變的「巨人」們仍然從四面八方匯聚到「金門」前，一個一個被吸進去。

　　「不能讓巨人族把他們帶走！」白鷺壓低聲音對黑鷺和幾個預備生耳語了幾句，眾人神情凝重地點點頭，立即展開了行動。

　　不斷吸引着異化巨人的「金門」前，突然響起兩聲大叫：

「喂，你們想不想吃東西啊？」

「這兒有你們最喜歡吃的食物喲！」

布布路和白虎並肩站在一起，雙手捧着從廢墟中挖出來的食物殘渣，比賽一般地做出誇張的動作。

被這聲音吸引，「巨人」們黯然的眼中，再次浮現出貪婪的光芒，他們的嘴角流出腥臭的涎水，口中發出飢餓的咆哮，像一頭頭惡狼般朝食物撲去。

布布路和白虎拔腿狂奔，一邊跑還一邊把混合着彩虹草的食物殘渣扔在地上，奮力引誘着「巨人」們：「來啊！好吃的在這邊，快快快！」

聚在「金門」邊的「巨人」果然都被吸引了，兇神惡煞般地追在布布路和白虎的身後。

追了一會兒，其中幾個「巨人」像是突然想起甚麼似的，怔怔地停下腳步，下意識地回頭朝「金門」的方向看去，當他們的目光一接觸到煉金陣上的光芒，身體立刻像受到操控一般，搖搖晃晃地掉頭往回走去，可是他們剛往回走了幾步，皮膚就驀地冒出灼熱的蒸汽，緊接着空氣中發出砰砰的悶響，一股強而有力的水霧瞬間爆破，釋放出的氣流一下子就將他們龐大的身軀推了回去，令他們絲毫無法靠近「金門」。

原來，是賽琳娜調用了體內水之牙的力量，將大量的水分子聚集到「巨人」大部隊的後方，鶉火則不斷將這些水分子加熱到爆炸的臨界點，一旦「巨人」們想要脫離大部隊，掉頭返回「金門」，就會引爆這些滾水炸彈。

餃子和青龍則守在異化巨人大部隊的左右兩側：餃子令藤條妖妖釋放出大量辛辣刺鼻的花粉，又用藤鞭加以抽擊，迫使試圖從兩側繞路返回「金門」的「巨人」們回到大部隊中；青龍則通過避役的技能，將一定範圍內的環境加以改變和偽裝，迷惑了「巨人」們的視線，令他們分不清方向，像無頭蒼蠅般亂竄。

巴巴里金獅龐大的身軀守在半空中，帝奇和玄武端坐在獅背上，帝奇不時彈射出一道道蛛絲，將從餃子和青龍的防守之下脫離出來的「漏網之魚」絆倒，玄武則配合地抬起手，指着咆哮着要爬起來的「巨人」們輕聲唸道：「忘——」

在八個預備生的通力合作之下，異化成巨人的預備生大部隊終於成功地被帶離了「金門」。

然而就在這時，被黑白麒麟牽制住的索加和卡拉季奇察覺到了「金門」這邊的異動，索加重新發出了古怪的嗚咽聲，這個聲音無疑加強了「金門」的能量，「巨人」大部隊再次騷動起來，他們暴躁地號叫着掉轉了方向，即便被灼熱的滾水炸彈推翻，被蛛絲絆倒，也立刻爬起來，再次瘋狂地朝着「金門」的方向摸索而去……

八個預備生艱難地維繫着原有的陣形，賽琳娜因為過度使用水之牙的力量而滿頭大汗，面色蒼白地說：「我堅持不了多久了，不知道雙子導師那邊怎麼樣了……」

大家的目光在落霞村殘破的外牆上巡視，按照計劃，當八個預備生想辦法將「巨人」們引離的同時，天乙委員長和雙子導師會想辦法找出煉金陣最薄弱的位置，將陣解除。

怪物卡知識點小測驗

判斷題，認為正確請打 ✓，認為錯誤請打 ✗。

 Q 09

D 級怪物用的怪物卡和 B 級怪物用的怪物卡是不同的。

( )

答案在本頁底部，答對得 10 分，你答對了嗎？

解析： 在怪物閃鑽卡問世之前，藍星上的怪物大師使用的怪物卡只有一種，因此不管是 D 級怪物還是 B 級怪物，用的都是同一種怪物卡。

■即時話題■

白虎： 玄武說，她終於明白了「唯倚十字」的預言，不僅是指摩爾本十字基地的預備生，更重要的是四不像這隻怪物，牠的身上有十字疤痕，之前是她忽略了。

朱雀： 對喲，那隻怪物身上也有十字！四不像到底甚麼來頭？牠現在變化的黑麒麟形態太強了吧？我甚至覺得牠比白麒麟還要強那麼一點點。

餃子： 那怪物就是個未知生物！強的時候看得人傻眼，作怪的時候恨得讓人牙癢癢！而最麻煩的是，我們甚至連牠是哪個系的怪物都不知道！

青龍： 四不像的攻擊招數是雷光球，難道牠不是第五元素系的嗎？

賽琳娜： 對此我們無法確定，因為之前四不像一度吞過各種元素晶石，並且吞甚麼元素晶石就發揮甚麼力量，我們一度猜測牠是不是超能系。

白虎： 那四不像真是一隻很稀奇的怪物了。

布布路： 唉，我寧願自己的怪物沒那麼稀奇，我只希望四不像有一天能認可我是牠的主人。

完成這個測試後，可以判定自己對於怪物卡知識點是否瞭如指掌。
測試答案就在第二十部的 243 頁，不要錯過啦！

新世界冒險奇談

第十九站 STEP.19

蟄伏三十餘年的臥底

MONSTER MASTER 20

現身的 DK9

　　這邊，天乙和雙子導師繞着落霞村殘破的外牆，利用天乙的探測儀器，仔細地檢查了一遍巨人族形狀冗繁複雜的煉金陣，他們確定，靠近四神基地方向的一處外牆，是整座煉金陣最為薄弱的部位。

　　布布路他們很快就要控制不住「金門」那邊的形勢了，必須趕緊破壞煉金陣。黑鷲召喚出金剛狼，打算直接靠力量毀掉覆在外牆上的煉金陣圖案。

「當心！」白鷺眼中突然閃過一絲警惕的光，低聲喝道。

黑鷺本能地向後退了一步，這一步讓他躲過了一股飛速襲來的腥臭黏液！

嗞嗞嗞 —— 黏液落在地上，瞬間冒出刺鼻的白煙，將地上的青草腐蝕成灰燼。

與此同時，一尾狐蝠張口釋放出了聲波攻擊，一道黑影驀地從牆角下的陰影中躥出……雙子導師定睛一看，是一團藍色果凍狀的軟體怪物，牠難受地癱倒在地，顯然是不適應一尾狐蝠的聲波攻擊。

轟 ——

就在雙子導師要收服那隻軟體怪物時，一枚裝有火元素晶石的自燃彈射到了他們面前，雙子導師急退。

一個黑影從牆頭躍下，那軟體怪物迅速朝他爬去，並一下子鑽進了對方放到地上的一個螺旋狀的堅硬蝸牛殼內，只露出一對閃着精光的小觸眼。

「是你！」認清黑影的身份後，天乙眼中浮現出一抹厭惡之情。

出現在雙子導師和天乙面前的不是別人，正是一直跟天乙作對的崑崙區區長 —— 弳特。

最讓天乙鬱悶的是，弳特還用了他發明的自燃彈！

「你們若想破壞煉金陣，就得先打倒我！」弳特惡狠狠地說，他眼中浮動的兇狠和陰森，和之前耿直火爆的形象截然不同。

雙子導師有些錯愕地對視一眼，他們曾經懷疑過弭特是巨人族的奸細，但很快就排除了這個可能性，因為弭特的健康報告上記錄道，他在十歲的時候染上了某種皮膚病，導致他不能長時間接觸水，更無法下水游泳，所以就算他曾經在暗部工作過，也不可能被派去位於神祕海域的幽靈島執行任務。

但此刻，雙子導師恍然大悟，原來弭特的怪物並不是能釋放毒酸的藍蛭，而是經過偽裝的超能系怪物鎏脊藤壺，牠的能力是製造出可以適應各種環境的生物鎧甲，弭特自然也就能潛入海底去執行任務了。

「難怪你一直對閃鑽卡的試用格外『關注』，原來你是巨人族的臥底！那就讓我親手了結你這個躲藏在人類軀體裏的卑劣奸細吧！」天乙臉上露出一抹凌厲之色，輕聲對雙子導師說，「你們兩個抓緊時間去破壞煉金陣，預備生們快要支撐不住了！」

雙子導師雖然很想親手抓到這次任務的目標人物，但他們更擔心布布路他們的安危，也急於阻止巨人族的屯兵計劃，於是便各自帶着怪物朝煉金陣展開了攻擊。

天乙則從懷中掏出一些細小的儀器，用拇指和食指將這些種子一般大小的儀器朝着空中快速彈出，在大家還沒明白天乙意欲何為的時候，他便嗖的一聲消失了，緊接着空氣中瞬間幻化出數個天乙，每一個都不留一絲餘地地向弭特發起攻擊，招招直取要害。

「你這個行徑卑劣的小人，拿命來！」數個天乙同時開口。

「我卑劣？哈哈哈！」弭特彷彿聽到天大的笑話一般，仰天大笑道，「天乙委員長，您身居高位，耳目靈通，難道沒聽說過塵封在幽靈島的黑暗歷史真相嗎？我利用閃鑽卡測試的時機為巨人族屯兵這種小伎倆，跟人類文明起源的卑劣程度相比，不過是小巫見大巫罷了！」

「不要執迷不悟！」天乙厲聲說，「一切都已經時過境遷，如今的人類和從前不一樣了，你和你的族人也是時候放下心中的仇恨，不要再陰暗地沉溺於復仇的泥沼之中了！」

「滅族的滔天仇恨怎能輕易放下？」弭特陰陽怪氣地說，「天乙委員長大人，如果仇恨能輕易放下，您又為何窮盡自己的大半生時光去研究閃鑽卡，試圖喚醒白麒麟？說起來，您應該是最理解巨人族的復仇意志的吧？那麼，不妨讓我們將那段不能見光的歷史再回顧一下吧，讓您再感受一次，人類是通過

多麼不齒的手段，才得以苟且存活至今的吧！」

　　弭特一邊將天乙製造出的分身一一擊潰，一邊將那段黑暗歷史如實道出，當時，人類利用彩虹草，引得巨人族和侏儒族互相殘殺，在最後的那一戰中，巨人族悲愴地開啟了「諸神的黃昏」，導致巨人族近乎全滅，侏儒族從此隱居在不能見光的地穴，而人類卻從中漁利，一躍成為藍星的主宰者⋯⋯

　　弭特中氣十足的聲音傳出很遠，清晰地傳入在落霞村內奮力守住「金門」的八個預備生耳中。即便是早已在幽靈島得知了這一切的布布路四人，再次聽到這段歷史，內心還是湧起深深的寒意，四女神則徹底驚呆了，如果說祖先的形象被顛覆，令她們感受到的是失望和羞愧，那麼這段足以顛覆人類歷史的黑暗真相，則令她們感覺到信仰的泯滅，似乎所處的世界並

非人間，輝煌燦爛的人類文明，不過是用謊言、用噩夢、用巨
人和侏儒的血淚和屍骸堆砌而成的森森墓園，令人從靈魂深處
泛起無盡的冰寒和絕望。

天乙也沉默了，他製造出分身的速度也不知不覺變慢了。

弭特的眼中閃過一抹狡黠，似笑非笑地輕嗤道：「現在，也
是時候將這段歷史公之於眾了……」

話音落下，弭特的手中傳來咔嗒一聲響，天乙警惕地循聲
看去，弭特的手中竟然拿着一隻同步直播的蜂眼！

遁走的巨人

「天乙委員長，剛才我和您的對話，都已經通過這個蜂
眼，同步發送給還被隔離在四神基地裏的媒體了，想必這會當
之無愧地成為明天各大媒體的頭條新聞，引爆藍星新聞輿論，
成為人類歷史上史無前例的重磅消息！」弭特放聲大笑。

和黑白麒麟纏鬥的卡拉季奇和索加也發出冷冷的笑聲，在
場的其他人則全部面色鐵青。人類的黑暗歷史一旦被公開，必
然會在藍星引發史無前例的巨大動盪，人類社會將發生空前絕
後的信仰危機，侏儒族必然從此與人類交惡，藍星的各種族勢
力包括各種隱藏在暗處的異族定然趁亂而動，食尾蛇也不會
放過這等顛覆現有秩序的大好良機。等到人類世界被攪和得
天翻地覆之際，便是巨人族盡享漁翁之利的時候！

「我終於等到了這一天！真是痛快！」弭特笑得幾乎流出了

眼淚，嗚咽着說，「三十九年來，我只能躲藏在這具羸弱而散發出噁心氣味的人類軀殼裏，每一天、每一分、每一秒我都在問自己，為甚麼是我？為甚麼被置換靈魂的是我這個無名小卒？如果被置換的是卡拉季奇兵長，他一定早就撥亂反正，為復興巨人族創造出了絕佳的條件！而我絲毫沒有兵長那樣的雄才大略，我只能卑微地潛伏在暗部，雖然想方設法地進入了管理協會，但除了渾渾噩噩度日，卻不知道自己能做甚麼，後來，我漸漸想明白了，如果沒有把握一擊制勝，我就只能忍耐，並竭盡所能地搜集情報，滲透進人類世界！如果有一天，那些沉睡在神之塔裏的巨人得以重見天日，不管是要生存還是要復仇，我手中的這些資源都能成為巨人族最強的武器！

「不久前，我終於等到了好消息，卡拉季奇兵長的靈魂甦醒了，並跟我取得了聯繫。在結合了我搜集到的情報之後，兵長對我下達了指令，趁着閃鑽卡試用的機會，利用彩虹草將人類變成巨人，成為巨人族的新力量！三十九年的韜光養晦，我終於能得償所願了！哈哈哈哈！」

趁着弸特張狂大笑、注意力鬆懈的時機，一道白色的身影悄無聲息地閃現在弸特身後，猝不及防間，白影手起手落，一掌劈向弸特的後頸。

弸特的笑容還僵在臉上，身體跟蹌着癱倒在地，失去了意識。

是白鷺擊倒了弸特。在天乙和弸特對峙的時候，白鷺和黑鷺已經將煉金陣破開了一個缺口，「金門」釋放的耀眼光芒正

在一點點變暗，緩緩消失。

幾乎是同時，受到煉金陣蠱惑的「巨人」們行動也變得遲緩了。

在趕過來的黑鷺的提醒下，賽琳娜用盡最後一絲力量，用水之牙聚集起大量的水分子，藤條妖妖也舒張着觸手，讓每一個水分子中都包裹上清醒花粉。

「嗷——」巴巴里金獅張開巨大的獅口，發出一聲震天的獅吼，將這些裹着清醒花粉的水分子，悉數吹入異變成巨人的預備生的鼻息間，也吹入落霞村地下那些昏迷的村民口鼻之中。

漸漸地，「巨人」們混濁的眼中浮現出一抹清亮之色，就像是在污水中注入了清潔藥水，他們疲憊地靜止下來，像矗立

在大地上的一根根巨柱一般，不動了。

　　八個預備生、雙子導師和天乙都騰出手來，但大家絲毫不敢鬆懈，一個個深深吸着氣，謹慎地朝着兩巨人靠近，準備助黑白麒麟一臂之力，一舉將他們拿下。

　　察覺到情況不對，索加和卡拉季奇不再戀戰，他們各自虛晃一招，從與黑白麒麟的對戰中抽身而出，回到了位於半空中的時空缺口中。索加唸了一段奇怪的咒文後，光芒逐漸暗淡的煉金陣又短暫地亮了起來，癱倒在地的弸特的身體突然發出一陣痙攣，隨即高大的身軀像漏氣的氣球一般枯萎下去，變成了一具毫無生命的殘骸。

　　在那具枯槁殘骸的上空，憑空出現了一個小圓球，那圓球

突然裂開，竟然是恐怖的血盆大口！

「是饕餮！」在遠處的布布路第一個反應過來。

一道虛影從那具枯槁的殘骸中飄出，直接被吸入空中饕餮的口中。

雙子導師還想上前阻擊，可饕餮在大口吞噬完艾爾默的靈魂後，便合上了血盆大口，又變回那個小圓球，並且開始高速旋轉，然後砰的一聲，消失得無影無蹤。

布布路他們再看向索加和卡拉季奇那邊，他們也已不見蹤影，黑白麒麟居高臨下在半空中巡視着，只有滿地殘破不堪的廢墟瓦礫和大大小小的坑洞彷彿在提醒着剛剛敵人的可怕。

所有人心中都升起了一種強烈的不真實感，戰鬥就這樣結束了？！

新世界冒險奇談

第二十站 STEP.20

真相背後
MONSTER MASTER 20

重建四神基地

　　布布路他們保護了大部分被變成巨人的預備生和落霞村的村民，但是卡拉季奇和索加還是帶着包括杜伯安在內的幾個預備生和巨人族的臥底艾爾默離開了，只剩下弭特枯萎的軀骸。圍繞着落霞村而設下的煉金陣也徹底消失了。

　　「布魯布魯！」四不像變身而成的黑麒麟對着半空中消失的時空裂縫又叫又跳，氣得渾身雷光四射，但在蹦跳和踢打的過程中，四不像的身軀就像急速消融的冰山一般，收縮變小，沒一

會兒的工夫，牠又變回了那個一身鐵鏽紅色雜毛的醜八怪怪物。

「嘎？」察覺到自己的身形又變回原來的樣子了，四不像不高興地朝天吐了幾口唾沫，眼中充滿了無聊至極的光芒，生了一會兒氣之後，乾脆鑽回布布路背後的棺材裏睡大覺去了。

「嗷——」

白麒麟突然發出了怒吼，從千年的沉睡中甦醒過來的牠再一次戰勝了邪惡，完成了自我淨化。牠用威嚴的身姿俯瞰着這個牠曾經付出一切保護着的大地，雖然剛剛經歷了一場毀天滅地的大戰，但是仍然能感覺得到這裏的繁榮與富饒。白麒麟目光深邃地凝視了天乙一眼，那目光中飽含着太多外人難以解讀的深意，但可以從中感受到一絲欣慰……

「白麒麟……」天乙的眼中愴然滑落兩行清淚，一切盡在不言中。

一道白光閃過，白麒麟再次回到鼎形吊墜中，未來牠仍會長久地守護着四神基地。

尼科洛斯輕聲傳遞出泰明導師的歎息：「雖然這一次我們阻止了巨人族的屯兵計劃，但他們對人類的復仇之火不會熄滅，真正的戰鬥還沒有開始……」

布布路重重地歎了口氣，遺憾沒能救回杜伯安，不知道何時又會以何種形式再次會面。

八個預備生深刻地感受到了情勢的嚴峻，但身體裏卻充滿力量，胸膛也變得挺直，他們必須變得更堅強才行！

事後，天乙官復原職，他第一時間將被遣散的第 13 號分

部的工作人員全都召集回來，對布布路他們在落霞村地下發現的彩虹草藥劑進行研究。經過三天三夜的連續攻關，科研人員研製出了可以對抗巨人化的藥劑，將巨人化的預備生的身體慢慢縮小並修復成原本的樣子。

而在這場災難中，四神基地幾乎化作廢墟，那些經歷了千百年風霜的古建築坍塌得所剩無幾，四女神在心痛之餘，也很快重整旗鼓，在布布路四人的幫助下，帶領四神基地的預備生，和從各地趕來的四女神的擁護者們一起重建四神基地。

數日之後，坍塌的建築再次拔地而起，殘破的四神基地重新煥發出生機和活力，在陽光下熠熠生輝。

青龍望着重生的四神基地，臉上掛着標誌性的微笑，感慨地說：「俗話說，吃一塹，長一智。經歷過這次危機，我們終於明白了布布路說的那段話的意義，要想成為一名優秀的怪物大師，絕對不能走捷徑，而是要靠自己的努力和怪物之間建立心靈契約，腳踏實地地實現理想。這一次，我們雖然經歷了磨難，但也收獲了很多朋友，深刻地體會到了『同伴』二字的意義。在未來，讓我們攜起手來，靠着自己的真正實力，讓四神基地重新煥發出勃勃生機。」

白虎、朱雀和玄武認同地點頭。

至此，整個事件似乎已經結束了，然而，這一切只是表象而已，輿論並未就此而平息，天乙雖然官復原職，但那段人類的黑暗歷史的公開，令民眾對怪物大師管理協會產生了莫大的質疑，誰也不知道，像剿滅巨人族、隱瞞黑暗歷史這種事，管

理協會究竟還做了多少。

　　甚至有媒體不客氣地質疑，怪物大師管理協會真的代表着正義、代表着民眾的意願嗎？

　　面對一片譁然的輿論，以及迭起的反對聲浪，管理協會的高層必然要花費極大的腦力，付出極其艱辛的行動，經過相當漫長的時間，才能重新挽回民眾的信任和支持。

被丟棄的棋子

　　四神基地的閃鑽卡試用風波，已經過去一段時間了，儘管輿論一度譁然，但人類是一種很健忘的生物，隨着時間的

流逝，人們的關注力漸漸又被其他的爆炸性新聞吸引了，這些天，藍星的各大主流媒體上，都不再有關於人類黑暗歷史的相關報道了。

然後，在一個稀鬆平常的早晨，怪物大師管理協會突然緊急召開了媒體發佈會，公佈了一個震撼人心的消息——

管理協會的三大委員長之一——天乙，於昨夜在自己的府邸突發心絞痛，暴斃而亡！

這個消息雖令人震驚，但天乙畢竟已經到了退休的年齡，再加上連日操勞過度，突發惡疾也是很正常的事，所以，當天藍星的各大媒體只是以通告的形式發佈了這條新聞，有幾家報紙以長篇報道的方式回顧了天乙的生平，天乙一生痴迷於科

研，發明了眾多創新成果，閃鑽卡雖未被成功推廣，卻磨滅不了天乙在人類與怪物相處之道中的各種了不起的嘗試。

然而這一切畢竟離普通百姓太遠，報刊亭裏，眾人翻閱着今天早晨的新聞，震驚的同時並沒有人因為天乙的離世而表露出一點點悲傷。

只有在一個陰暗的角落裏，一個頭戴黑色兜帽的黑衣人，壓低的帽簷下雙眼流露出一絲同情：「天乙委員長，您那麼渴望成就一番業績，光耀家族，如今，被人遺忘的滋味一定不好受吧……」

時間回溯到昨夜……

三更時分，結束了一天科研工作的天乙，神情疲憊地走回臥房，他剛關上臥房的門，胸口就傳來一陣劇痛。

數秒鐘後，胸口痙攣的劇痛平息下去，天乙用手抵住門，稍微鬆了一口氣，口中卻發出古怪的問話：「女王派你來的？」

一個黑影悄無聲息地站在天乙的身後，聽到天乙的問話，對方發出一聲有些突兀的輕笑：「天乙委員長，您的洞察力還是那麼好。沒錯，是女王派我來的，女王大人說，沒用的棋子，可以丟棄了。委員長，您就是那枚棄子。」

天乙回過頭，看清了對方的臉，他有些驚訝地說：「是你？原來你是食尾蛇的臥底。」

對方抬起頭，爽朗地笑道：「是啊，委員長大人，您不一樣也是女王的臥底嗎？」

「呃……」胸口的劇痛再次襲來，這一次，痛意像毒蛇的噬

咬一般，毒液深深滲入天乙身體的每一處經絡，天乙恍然間明白了甚麼。

他用手緊緊地按着胸口，背靠着卧室的門，身體緩緩地滑落下去。

他的意識一點點變得混亂，但那些塵封在大腦深處的、他以為自己已經忘記了的遙遠記憶，卻從深深的記憶海底浮現出來，一樁樁變得清晰起來，如走馬燈一般在他眼前一幕幕地閃過——

因為家族的惡名，天乙從小就備受同齡人的冷落，終日形單影隻。天乙的父母總是對年幼的天乙耳提面命，讓他一定要出人頭地，洗刷祖先蒙受的冤屈，為乙家族正名。

成年之前，天乙一直生活在孤單和巨大的壓力之中，他埋頭苦讀，想方設法地提升自己。長大之後，天乙想要進入四神基地，成為一名怪物大師，藉機調查有關祖先和怪物白麒麟的歷史，可是，在遞交申請表的階段，他就被四神基地拒之門外了。

走投無路的天乙意外收到了食尾蛇的邀請，成為食尾蛇的卧底，他隱去了自己原有的身份，以一個全新而陌生的身份進入了四神基地。在四神基地的古籍館中，他慢慢了解了有關吉星符的事，他意識到，想要破除白麒麟封印，他還缺少一個強大的力量。

為了獲得這個強大的力量，天乙更加刻苦地學習，從四神

基地畢業後，他憑藉着出色的學分和任務成績，進入了怪物大師管理協會。因為有食尾蛇暗中支持，天乙做事往往事半功倍，在管理協會一路晉升，在他即將邁入不惑之年時，成為三大委員長之一。

研究怪物閃鑽卡，最初是食尾蛇組織給天乙下達的命令，他們的目的是利用閃鑽卡來控制怪物，進而控制使用閃鑽卡的怪物大師。然而，此時的天乙經過在管理協會的多年歷練，自身的想法和見識都有了巨大的提升，他慢慢開始後悔自己當初加入食尾蛇的決定，更對食尾蛇組織的行為和決定產生了質疑。

天乙想要抹去自己曾經擔任食尾蛇卧底的過去，不再繼續過雙面的人生，他想要成為一個能坦蕩地站在陽光之下的好人。於是，他對閃鑽卡的研究方向做了改變：一方面，他設計了可以存儲巨大能量的初版閃鑽卡，以保護自己的安全；另一方面，他決心推廣閃鑽卡，提升所有怪物大師和預備生的能力，加強和改變怪物大師的戰鬥模式。雄心勃勃的天乙認為，他不僅能夠替祖先洗刷冤屈，還能創造出比祖先的成績更為輝煌的功績，讓乙家族再次成為百姓擁戴和尊敬的守護者。

對於弭特，天乙早就有所提防，但是他萬萬沒想到的是，弭特竟然是巨人族的卧底，如今，巨人族投靠了食尾蛇，也就是說，弭特是受到女王的命令來試探天乙的。

所以，儘管風波和輿論都平息了，天乙也官復原職，但他心裏知道，事情還沒有過去，女王早就察覺到了自己試圖背叛

食尾蛇的想法，遲早會對自己下手的。

　　這些天，天乙表面上維持着平靜，繼續操持着科研分部的工作，內心卻惴惴不安，惶惶而不可終日……

　　「女王她終於還是派人來懲罰我了，我已經等了很多天了……」天乙癱倒在地，他的身體已經使不出一絲力氣，胸口的劇痛和窒息感，令他的意識再也無法集中起來，甚至連視線都無法對焦了，但他的眼中，竟浮現出一絲釋然的笑意，「這樣也好，幾十年了，我不敢說錯一句話，不敢做錯一件事，不論是白天還是黑夜，我都提心吊膽，生怕會有人發現自己的臥底身份，哪怕是當上了委員長之後，我也沒有睡過一個安穩覺，現在，我終於可以好好睡一覺了……」

　　天乙的呼吸越來越微弱，終於，他的喉嚨裏發出一陣咕嚕聲，整個人再也不動了。

　　對方伸出兩根手指，在天乙的鼻子下試探了一下，確定天乙已經氣絕身亡，他慢慢地直起腰，神情漠然地跨過天乙僵直的身軀，一邊向外走，一邊低聲呢喃道：「對不起，我很理解您想要成為一個站在陽光下的人的心意，但您想要擺脫女王的時間太晚了……」

　　一陣夜風吹落了對方頭上的兜帽，露出的那張臉十分眼熟，他正是之前在第 13 號分部，啟動了「零維度空間」，決心和布布路他們同歸於盡的那個被弭特派去天乙身邊的間諜，沒想到最後竟然是他出手……

　　昏暗的房間裏，晃動着兩個巨大的身影。

　　索加垂着頭，目光陰沉，拳頭握得嘎嘎作響，他不甘心地問另一個巨人：「兵長，有個問題我仍然沒想通……既然食尾蛇察覺到了天乙的背叛，那麼我們巨人族安插在管理協會裏的弭特就更加重要了不是嗎？女王為甚麼要讓他去試探天乙呢？」

　　卡拉季奇端坐在房間正中央的石椅上，臉上是令人無法琢磨的晦暗神情，語氣低沉地答道：「其實，早在上次幽靈島事件之後，管理協會就開始對內部人員進行嚴密排查了，弭特的身份遲早都會暴露，與其被敵人查出來而成為廢棋，不如在他還有價值的時候好好加以利用，用一枚廢子，除去一個背叛了自己的心頭隱患，女王的心思確實很縝密。」

「可是這樣一來，食尾蛇就一下子失去了安插在管理協會裏的兩枚棋子，而我們巨人族還沒能完整地得到計劃中的兵源，真是可惜啊！」索加歎了口氣。

　　「本來我也覺得有些可惜，不過，自從我知道連身為管理協會三大委員長之一的天乙都是女王的臥底之後，我反而覺得情況變得越來越有利於我們了，」卡拉季奇的嘴角勾起一抹耐人尋味的笑意，冷冷地說，「這說明，食尾蛇的勢力早已滲透到怪物大師管理協會的內部了，女王既然有能力一路將天乙從一個無名小卒扶持上委員長的位置，她就一定有辦法重新栽培出更有利用價值的羽翼，又或者，管理協會乃至暗部裏還有隱藏得更深的食尾蛇勢力，我們不用心急，只要在一旁靜觀其變就好了，呵呵……」

　　說到這裏，索加和卡拉季奇一起邪惡地笑了起來。

【第二十部完】

怪物卡知識點小測驗

判斷題，認為正確請打 ✓，認為錯誤請打 ✗。

怪物能從內部撕裂怪物卡。

Q10

(　　　　)

答案在本頁底部，答對得 10 分，你答對了嗎？

解析：四不像初登場時，就衝破了怪物卡的束縛，將它撕得粉碎。當時這是非常少見的行為，一般怪物都不會做出這樣的事。

■即時話題■

布布路：對了，我發現之前我們執行完任務，結尾總是開宴會，最近卻變成了老是幫助人家重建當地建築。相比之下，我還是更喜歡開宴會。

餃子：沒辦法，誰讓我們最近碰上的反派來頭都有點大，動不動就毀個城滅個鎮甚麼的，唉，能力越強責任越大，說的就是像我們這樣的人。

朱雀：少自賣自誇了！你這個狐狸面具，快去把那邊的牆皮剷平！

餃子：朱雀小姐姐，這一本裏面吐槽我的戲份似乎都要被你承包了，要知道這原本是屬於帝奇的橋段。

帝奇：別把我牽扯進來。

朱雀：所以，你又把我和這個三白眼的冷面小子畫等號了嗎？

嘩——之後的場面又有些混亂了……

完成這個測試後，可以判定自己對於怪物卡知識點是否瞭如指掌。

測試答案就在第二十部的 243 頁，不要錯過喲！

怪物卡知識點小測驗結果

✓ 及格（60 分以上）

不錯，就算是「怪物大師」中犄角旮旯的知識點你都掌握了個大概，希望你再接再厲，多多關注以後會出現的新知識點。

✗ 不及格（60 分以下）

你對怪物卡的了解還不夠全面啲，需要儘快補習，建議從頭到尾再讀一遍「怪物大師」目前出版的所有圖書。

布布路：各位及格了嗎？其實就算不及格也沒關係，因為換了我去考試，可能也會掛科。

賽琳娜：布布路，你答應過我每天回宿舍後，都抽一個小時唸書，如果你做到的話，是不可能會掛科的，除非你……

布布路：大姐頭，我真的讀了，只是每次我拿出書，就覺得上面的字在跳舞，所以我經常看著看著看著就眼花了，然後就睡著了。

賽琳娜：你這樣不行，看來我要給你搞個「懸樑刺股」的裝備了！

布布路：哈，甚麼裝備又炫亮又刺骨？

帝奇：這個我可以幫忙，就是一根繩子和一根針就能搞定的裝備。

布布路：我突然有了不好的預感……嗚！

餃子：布布路，我會為你祈禱的。言歸正傳，怪物大師的各種測試題做到現在已經是第二十期了，大家有沒有熟悉咱們出題的套路呢？話說，最近我們也對測試題材有些捉襟見肘了，各位讀者有沒有甚麼好想法呢？請來信告知，你們想做甚麼樣的測試題，或者是其他更好的互動遊戲。來信地址請寄往我們親爹雷叔在地球的郵政信箱。

「降神之都」

榮光已逝，曾經的繁盛，如今的衰亡……藍星歷史上最命運多舛的城市，能否迎來和平的一天？

在傷痛中前行，只有體會過戰爭的殘酷，才能明白和平的可貴！

異夢不斷，身心迷失，布布路生命垂危？

第二十一部
《異境的迷夢深淵》

　　來自雷頓家族的緊急救助信號，導致布布路四人進入了施行封鎖令的戰亂之地——翡冷翠。

　　地圖顯示為金色柏木林的地方化為巨大的深坑，以繆拉為首的賞金任務十人團竟然離奇遭到滅團。

　　沒有外部傷口，沒有戰鬥痕跡，他們究竟遭遇了甚麼？布布路他們要如何追查真相？

　　任務不可違，承諾不可背——

　　哪怕前方是槍林彈雨，勇敢的預備生們也要奮戰到底！

HUMAN GOD
人神

以人身成就神之救贖，以人身抵抗神之罪責。

WAR & PEACE
戰爭與和平

ANGE DREAM
異夢

自前一代希愛黎人神離奇消失之後，漫長的時光流逝而去，曾經作為人們虔誠信仰的降神之都翡冷翠，現今已淪為戰亂之地。

所有人都期盼着人神再現，貫徹歷史的使命，給人們帶來最後的救贖。

布布路他們接替雷頓家族神祕的運輸任務，誰也沒想到他們運輸的「物品」竟然是至尊權杖選出來的新一代的人神！

加冕儀式上，風之利爪破空來襲，是命運還是巧合？父與子，期待已久的面對面的時刻終於來臨！

追尋着人神的蹤跡，布布路四人勇闖永恆牢、深入雲圖閣。

詭夢連連，疑霧重重，現實和夢境的分界變得越來越模糊⋯⋯

瀕臨體能極限和心理極限的雙重挑戰，預備生們能在前所未有的考驗中成功突圍嗎？

BUBURO.BURO.
LIVAGE

布布路·布諾·里維奇

穿越無盡的時間長河，傳說中『極惡人神』的神祕面紗即將被揭開⋯⋯⋯⋯

「怪物對戰牌」暗戰版使用說明書
Monster Warcraft

> **基本資訊**：單冊附贈 1 張卡牌。為 1 — 19 部怪物對戰卡牌集的擴充包。
> **遊戲人數**：2 人以上　　**遊戲時間**：5 — 20 分鐘

—— 「怪物對戰牌」暗戰版規則 ——

GAME START 成為『怪物大師』就要憑實力！

來場精彩的雙人對戰吧！洗牌開始！

【基礎牌組列表】

1. 人物牌：1 張
2. 怪物牌：2 張
3. 基本牌：1 張
附件：單冊附贈 1 張卡牌

【遊戲目的】

遊戲開始前，玩家需將自己的人物牌暗置，遊戲進行當中，當一名角色明置人物牌確定勢力時，該勢力的角色超過了總遊戲人數的一半，則視他為「黑暗潛行者」，若之後仍然有該勢力的角色明置武將牌，均視為「黑暗潛行者」。「黑暗潛行者」為單獨的一種勢力，與怪物大師管理協會和食尾蛇組織的兩大勢力均不同。他(們)需要殺死另外兩大勢力，才能成為勝利者。

當以下任意一種情況發生，遊戲立即結束：

兩大勢力鬥爭時，一方勢力死亡，則另一方獲勝。出現第三方勢力之後，則需另外兩方勢力全部死亡，剩下的第三方才算獲勝。

【遊戲規則】

1. 將人物牌洗混，玩家抽取一張人物牌，並將人物牌背面朝上放置（即暗置）。處於暗置狀態下的人物均視為 4 點血量值，其組合技能和個人鎖定技均不能發動，明置之後，才可發動，血量存儲也恢復到牌面顯示的值，已扣掉的血量不可恢復。

2. 將怪物牌洗混，玩家抽取一張怪物牌，確定自己所擁有的怪物。

將怪物牌置於暗置的人物牌的上面，露出當前的血量值。（扣減血量時，將怪物牌右移擋住被扣減的血量值。）

3. 將基本牌、元素晶石牌、特殊物件牌等洗混，作為牌堆放到桌上，玩家各摸 4 張牌作為起始手牌。

4. 遊戲進行，由年齡最小的玩家作為起始玩家，按逆時針方向以回合的方式進行。暗置的人物牌只有兩個時機可以選擇明置：

◆ 回合開始時。

◆ 瀕臨死亡時。

5. 確定先出牌的玩家從牌堆頂摸 2 張牌，使用 0 到任意張牌，加強自己的怪物或者攻擊他人的怪物。但必須遵守以下兩條規則：

◆ 每個出牌階段僅限使用一次【攻擊】。

◆ 任何一個玩家面前的特殊物件區裏只能放一張特殊物件牌。

每使用 1 張牌，即執行該牌上的屬性提示，詳見牌上的說明。遊戲牌使用過後均需放入棄牌堆。

6. 在出牌階段，不想出或沒法出牌時，就進入棄牌階段。此時檢查玩家的手牌數是否超過當前的人物血量值（手牌上限等於當前的人物血量值），超過的手牌數需要放入棄牌堆。

7. 回合結束，下一位玩家摸牌繼續進行遊戲。

「怪物對戰牌」暗戰版使用說明書

Monster Warcraft

基本資訊：單冊附贈 1 張卡牌。為 1 — 19 部怪物對戰卡牌集的擴充包。
遊戲人數：2 人以上　遊戲時間：5 — 20 分鐘

——「怪物對戰牌」暗戰版規則 ——

8. 判定的解釋：摸牌階段時，對要進行判定的牌需要進行判定，翻開牌堆上的第一張牌，由這張牌的顏色來決定判定牌是否生效。
9. 怪物牌翻面的解釋：在輪到玩家的回合開始前，若是你的怪物牌處於背面朝上放置的狀態，請把它翻回正面，然後你必須跳過此回合。
10. 若遊戲未分出勝負，但牌堆的牌已經摸完，則重新將棄牌堆的牌洗混後，作為牌堆繼續使用。當所有場景牌用完之後，需要重新洗一遍場景牌，建立新的場景牌堆。

【怪物卡牌一覽表】

怪物名稱	卡版	屬性等級	獲得方式
地獄犬	普通卡	B 級	隨書附贈
幻影魁偶	普通卡	A 級	隨書附贈
饕餮	普通卡	?級	隨書附贈
幻影冥狐	普通卡	A 級	隨書附贈
庫嚕嚕	普通卡	B 級	隨書附贈
梅菲斯特	普通卡	B 級	隨書附贈
金牛座	普通卡	A 級	隨書附贈
書翁	普通卡	S 級	隨書附贈
丁丁	普通卡	C 級	隨書附贈
百絨融融	普通卡	C 級	隨書附贈
安第斯	普通卡	S 級	隨書附贈
金牛座普	普通卡	A 級	隨書附贈
炎龍	閃鑽卡	S 級	隨書附贈
海因里希(不完整體)	閃鑽卡	S 級	隨書附贈
時之魔・冥加大帝	閃鑽卡	S 級	隨書附贈
禦刃	閃鑽卡	S 級	隨書附贈
焰尾貓	普通卡	B 級	隨書附贈

怪物名稱	卡版	屬性等級	獲得方式
四不像	普通卡	D 級	隨書附贈
水精靈	普通卡	D 級	隨書附贈
藤條妖妖	普通卡	D 級	隨書附贈
巴巴里金獅	普通卡	C 級	隨書附贈
金剛狼	普通卡	B 級	隨書附贈
一尾狐蝠	普通卡	B 級	隨書附贈
魔靈獸	普通卡	A 級	隨書附贈
泰坦巨人	普通卡	S 級	隨書附贈
泰坦巨人(覺醒版)	閃鑽卡	S 級	隨書附贈
巴巴里金獅(家族守護版)	閃鑽卡	A 級	隨書附贈
蒼赤虎(影子版)	普通卡	C 級	隨書附贈
花芽獸(影子版)	普通卡	C 級	隨書附贈
龍膽(影子版)	普通卡	B 級	隨書附贈
露姬兔(影子版)	普通卡	D 級	隨書附贈
大聖王	普通卡	B 級	隨書附贈
九尾狐	普通卡	D 級	隨書附贈
騎士甲蟲	普通卡	D 級	隨書附贈
惡魔酷丁	普通卡	D 級	隨書附贈
塞隆鼠	普通卡	B 級	隨書附贈
帝王鴉	普通卡	A 級	隨書附贈
帕米魯格	普通卡	A 級	隨書附贈
般若鬼王	普通卡	A 級	隨書附贈
大聖王(十影王版)	閃鑽卡	S 級	隨書附贈
風隱	閃鑽卡	A 級	隨書附贈
水精靈(升級版)	普通卡	B 級	隨書附贈
大紅武章	普通卡	B 級	隨書附贈
克林姆林	普通卡	A 級	隨書附贈
鎖鏈魔神	普通卡	A 級	隨書附贈
藤條妖妖(升級版)	普通卡	B 級	隨書附贈

GAME START 成為『怪物大師』就要憑實力！
來場精彩的多人對戰吧！洗牌開始！

「怪物大師」四格漫畫小劇場
Comic Theater

● 團隊擔當（一）

Comic：李仲宇／Story：黃怡崢

我是團隊中的主攻擔當。

我是治療擔當。

我是輔助擔當。

布布路其實是無知擔當。

賽琳娜是暴力擔當。

帝奇是毒舌擔當。

那你就是撒謊擔當。

「怪物大師」四格漫畫小劇場
Comic Theater

團隊擔當（二）

Comic：李仲宇／Story：黃怡崢

編輯部特別獻禮『怪物大師』中鮮為人知的小番外小趣味！

爆笑登場！

MONSTER MASTER

Especially written for kids aged 9-16

特別企劃 · 第十期偵查報告
【這裏，沒有祕密】

Q1. 布布路一行人去地球會發生甚麼樣的事情？會不會被認為是瘋子？

答：那是肯定會發生很多事情的喲，至於布布路他們會不會被認為是瘋子⋯⋯這就要看我們地球人的態度了！

Q2.「怪物大師」第18部中第113頁的插圖是不是錯了？應該是布布路和餃子，可插圖卻是布布路和賽琳娜。

答：謝謝讀者來信告知。的確是插圖出錯了，新出版的「怪物大師」已經修訂了這個部分。

Q3. 為甚麼雷叔寫戈林的時候用「他」呢？她不是女孩子嗎？

答：因為雷叔是站在布布路的視角來寫作戈林初登場的時候，那時布布路並沒有發現戈林是女孩子，所以就用了「他」！

Q4. 雷叔，你寫作到了瓶頸期時會怎麼辦呢？

答：雷叔表示沒有甚麼事情是吃一頓日本料理不能解決的，如果解決不了就吃兩頓！怪不得小編覺得雷叔最近又胖了（並沒有），應該是瓶頸期吃了很多頓日本料理吧！

Q5. 布媽（此處應該是指布布路的媽媽）是地獄后宮島（此處應該是指地獄皇后島）的主人吧？

答：你猜。好吧，雷叔說關於布布路媽媽的事暫時是個祕密，後續他會在正文中揭露，所以小編也不知道呢！

Q6. 帝奇和布布路的身高是多少啊？

答：作為兩個在生長期的少年，還真難說出一個確切的身高，畢竟身高是個日新月異的東西。不過小編很明確的是，目前這兩人的身高暫時都還沒超過餃子。

Q7.「怪物大師」的漫畫為甚麼不連載了？很喜歡，想看啊！

答：漫畫新連載正在醞釀中⋯⋯或許某一天就會突然驚喜上市！

Q8. 為甚麼感覺雷叔對原君太狠心了？而且就算過了十年也不會這麼老吧？才三十幾歲，藍星人平均壽命短嗎？

答：小編對於這點也有心理陰影，一個美少年突然變成了邋遢大叔，但原君他真的不是老喲。

Q9.「影王」是每個怪物大師追求的終極目標，人們把十個不同時代的怪物大師並稱為「十影王」。那為甚麼在《冰封的時之輪》裏的第十九站叫作「十影王之戰」而不叫「影王之戰」呢？

答：你說得對，在最新版的「怪物大師」中我們已經更正過來了喲！

Q10.「紅帽子」的嗜好是收集器官嗎？噫，太可怕了⋯⋯

答：關於「紅帽子」的嗜好⋯⋯噓，不可說！想要對紅帽子有更深入的了解，敬請期待「怪物大師」的後續作品。

Q11. 編輯，第 16 部結尾的那個坑雷叔甚麼時候填啊？就是大意是「那個鬼市有一種神祕的力量，但那是另一個故事了」的那句，希望儘快把這個坑填上。
答：好的，小編去催雷叔，但是雷叔這個人 —— 不太好控制啊！小編只能盡力而為！

Q12. 我想問個問題，希望你們可以回覆一下，職業作家必須是文科專業嗎？拜託！
答：當然不是，寫作是不分文理科的。

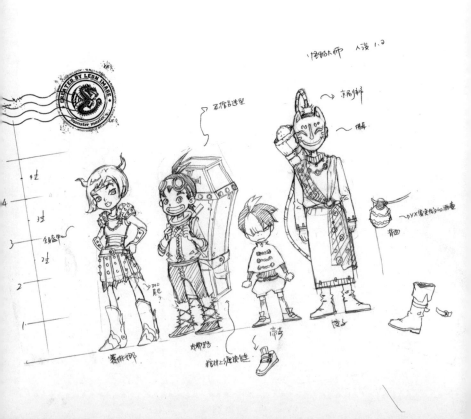

Staff
製作團隊

宋巍巍
Vivison
■ 策劃

趙　婷
Mimic
■ 主編

黃怡崢
Miya
谷明月
Mavis
陳瑞菲
Ellie
■ 文字

孫　東
Sun
李仲宇
LLEe
周　婧
Qiaqia
■ 插圖

卡　姿
Seega
■ 色彩

李禎裱
Kuraki
葉偲逖
Yesty
■ 灰度

丁　果
Vin
■ 設計

張　怡
Mumai
■ 協力

CREATED BY LEON IMAGE
Love & Dreams
MONSTER MASTER

[雷歐幻像] 作品
LEON IMAGE WORKS

□ 責任編輯：梁潔瑩
□ 裝幀設計：高　林　陳淑娟
□ 排　　版：時　潔
□ 印　　務：劉漢舉

怪物大師

——雷鳴的四神基地

□

著者

雷歐幻像

□

出版

中華教育

香港北角英皇道 499 號北角工業大廈一樓 B
電話：(852) 2137 2338　　傳真：(852) 2713 8202
電子郵件：info@chunghwabook.com.hk
網址：http://www.chunghwabook.com.hk

□

發行

香港聯合書刊物流有限公司

香港新界大埔汀麗路 36 號
中華商務印刷大廈 3 字樓
電話：(852) 2150 2100　　傳真：(852) 2407 3062
電子郵件：info@suplogistics.com.hk

□

印刷

美雅印刷製本有限公司

香港觀塘榮業街 6 號 海濱工業大廈 4 樓 A 室

□

版次

2020 年 5 月第 1 版第 1 次印刷

© 2020 中華教育

□

規格

32 開（210 mm x 140 mm）

□

書號

ISBN：978-988-8675-27-2

本書經由接力出版社獨家授權繁體字版
在香港和澳門地區出版發行